I0638044

Este libro
es tu pasaporte
para viajar por
el tiempo.

¿Podrás subsistir
en la II Guerra Mundial?
Pasa la página
para averiguarlo.

Títulos Publicados:

MISIÓN EN LA II GUERRA MUNDIAL
Susan Nanus y Marc Kornblatt/ilustraciones: John Pierard

EN BUSCA DE LAS FUENTES DEL NILO
Robert W. Walker/ilustraciones: José González Navaroo

EL SECRETO DEL TESORO REAL
Carol Gaskin/ilustraciones: Ernie Colón

LA HOJA DE LA GUILLOTINA
Arthur Byron Cover/ilustraciones: Scott Hampton

EN BUSCA DE LAS CIUDADES DE ORO
Richard Glatzer/ilustraciones: José González Navaroo

El DETECTIVE DE SCOTLAND YARD
Seymour V. Reit/ilustraciones: Charles Vess

LA MASCARILLA DEL HÉROE
Carol Gaskin y George Guthridge/ilustraciones: Kenneth Huey

LA ESPADA DE CÉSAR
Robin Stevenson y Bruce Stevenson
ilustraciones: Richard Hescox

RUMBO A AUSTRALIA
Nancy Bailey/ilustraciones: Julek Heller

EL IMPERIO MONGOL
Carol Gaskin/ilustraciones: José González Navaroo

Misión en la II Guerra Mundial

Susan Nanus y Marc Kornblatt

Ilustraciones: **John Pierard**

J. T. Colby & Company, Inc.
Fournisseurs d'instruments et
d'accessoires de voyage
dans le temps™

Habent sua fata libelli

A los seis millones. Nunca más.
—S.N. y M.K.

Agradecimientos especiales a Ann Hodgman, Judy Gitenstein,
Anne Greenberg, Martha Cameron y Ruth Ashby.

Diseño mecánico: Studio J.
Composición tipográfica: David E. Seham Associates, Inc.
Pintura de portada: Darrel Anderson.
Diseño de portada: Alex Jay.
Diseño del libro: Alex Jay.

Editora: Ann Weil

J. T. Colby & Company, Inc.
Manhanset House
Dering Harbor, New York 11965-0342
bricktower@aol.com
bricktowerpress.com

ISBN: 978-1-59687-047-5
2025

¡ATENCIÓN, VIAJERO A TRAVÉS DEL TIEMPO!

¡Eres una persona de suerte! Sí, en este momento tienes en tus manos una... ¡máquina del tiempo! En efecto, este libro es tu máquina del tiempo. No lo leas todo seguido, del principio al fin. Dentro de un momento recibirás instrucciones para cumplir una misión, una empresa especial que te llevará a otro período de tiempo. A medida que te enfrentes a los peligros de la historia, la máquina del tiempo te irá presentando opciones de adónde ir o de qué hacer.

El presente volumen contiene también un banco de datos para informarte en qué época vas a vivir. Puedes utilizarlo para desplazarte con mayor seguridad a través del tiempo. O bien tomar tus decisiones sin consultarlo. Tú eres el único responsable.

IMPORTANTE

Al final de este libro hay una lista de datos. Contiene sugerencias para ayudarte si no estás seguro de qué camino has de emprender. Éste símbolo aparece al lado de todas las elecciones para las cuales existe una sugerencia en la lista de datos.

Con objeto de terminar tu misión lo más deprisa posible, y con éxito, puedes emplear a la vez el banco de datos y la lista de datos.

Hay una conclusión correcta para esta misión. Debes llegar a ella o... ¡arriesgarte a quedar perdido en el tiempo!... y recuerda que tienes a tu disposición el banco de datos y la lista de datos.

TU MISIÓN

Tu misión consiste en viajar a Polonia durante la II Guerra Mundial, encontrar a Emanuel Ringelblum —el famoso combatiente por la libertad e historiador del ghetto de Varsovia— y volver con los documentos secretos que éste ocultó a los nazis.

Entre 1939 y 1945, los países europeos y Estados Unidos lucharon desesperadamente por la libertad contra el amenazador poder de la Alemania nazi. Pero la batalla no se libró sólo entre ejércitos. Bajo el lirerazgo de Adolf Hitler, los nazis también llevaron a cabo una guerra secreta contra los civiles, tanto hombres como mujeres o niños.

Entre estos civiles había gitanos, homosexuales, cristianos, prisioneros de guerra y gente que no estaba de acuerdo con Hitler, pero en su mayoría eran judíos. En seis breves años, los nazis mataron a seis millones de judíos sin que el mundo se enterara. Lo consiguieron diciendo enormes embustes, trabajando en completo secreto y destruyendo tantas pruebas como les fue posible.

Muchos judíos intentaron resistir, pero tenían pocas armas y el ejército alemán era muy potente. Emanuel Ringelblum, un joven y valiente historiador que vivía en Varsovia —la capital de Polonia— pensó en otra forma de lucha. Decidió poner todo por escrito. Sabía que los nazis querían controlar la historia eliminando las pruebas de lo que hacían. También sabía que podía ser gravemente castigado si los nazis descubrían que él y un grupo de amigos tomaban notas de todo lo que les ocurría a los judíos en Polonia.

Ringelblum vivía en el ghetto de Varsovia, un arrabal sucio y atestado, en el que estaban obligados a vivir todos los judíos. En 1943, cuando los judíos del ghetto se rebelaron contra el ejército alemán, Ringelblum enterró todas sus notas en tres grandes cántaros de leche, cerca de su escondite subterráneo. En 1944 fue ejecutado por negarse a revelar su localización.

Después de la guerra, se hallaron dos de los cántaros, pero el tercero y más importante nunca apareció. Este cántaro contiene las evidencias más concretas de lo que era realmente la vida durante esa época.

Tu misión consiste en volver al ghetto de Varsovia, buscar a Ringelblum y descubrir dónde escondió el tercer cántaro. Tienes que tener mucho cuidado. Hay informadores y espías por todas partes, y los nazis arrestarán a cualquiera que parezca sospechoso. ¡Si quieres alcanzar el éxito, tienes que ser más listo que ellos en todo momento!

Para activar la máquina del tiempo, pasa la página.

VIAJE A TRAVÉS DEL
TIEMPO ACTIVADO.
Listo para el equipo.

LAS CUATRO REGLAS PARA VIAJAR A TRAVÉS DEL TIEMPO

Cuando empieces tu misión, debes observar las reglas siguientes. Los viajeros por el tiempo, que no las cumplen, se arriesgan a quedar perdidos en él para siempre...

1. No mates a ninguna persona ni animal.

2. No intentes cambiar la historia. No dejes nada del futuro en el pasado.

3. No lleves a nadie contigo cuando franquees la barrera del tiempo. Evita desaparecer de un modo que asuste a la gente o la haga sospechar.

4. Sigue las instrucciones que te dé la máquina del tiempo y elige entre las opciones que te ofrezca.

EQUIPO

Para cumplir tu misión en Europa durante la II Guerra Mundial irás vestido de escolar, con pantalones o falda, según tu sexo. Tendrás también una chaqueta de abrigo, zapatos resistentes y una mochila. Con el fin de orientarte en tu camino, llevarás un mapa de Europa en el que se ve qué países estaban ocupados por los alemanes.

 **Para empezar tu misión, pasa a la página 1.**

 **Para saber más cosas acerca de la época a la que viajarás, pasa a la página siguiente.**

EUROPA EN 1940

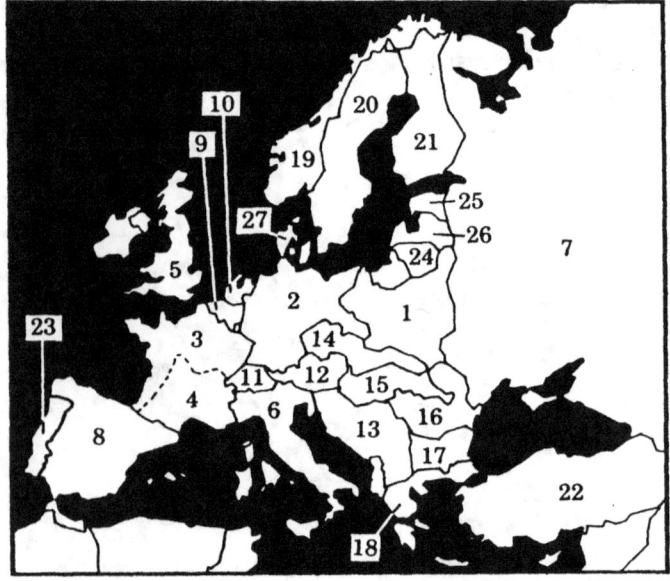

1. Polonia	15. Hungría
2. Alemania	16. Rumanía
3. Francia (ocupada)	17. Bulgaria
4. Francia (controlada por Vichy)	18. Grecia
5. Gran Bretaña	19. Noruega
6. Italia	20. Suecia
7. Rusia	21. Finlandia
8. España	22. Turquía
9. Bélgica	23. Portugal
10. Holanda	24. Lituania
11. Suiza	25. Letonia
12. Austria	26. Estonia
13. Yugoslavia	27. Dinamarca
14. Checoslovaquia	

1. El Partido Nacionalsocialista Alemán de los Trabajadores, encabezado por Adolf Hitler, asumió el gobierno alemán en 1933. A sus miembros se les llamaba *nazis*. Éstos controlaban el ejército y la policía, y ejercían poderes dictatoriales en todo el país.

2. La insignia oficial del partido nazi era una esvástica o cruz gamada, una especie de cruz negra sobre fondo rojo.

3. El 1.⁰ de septiembre de 1939 comenzó oficialmente la II Guerra Mundial, cuando los tanques nazis entraron en Polonia y la atacaron. Al día siguiente, Inglaterra y Francia declararon la guerra a Alemania, y poco después toda Europa se vio involucrada en la contienda.

4. Los Estados Unidos entraron en la guerra después del bombardeo de la base militar de Pearl Harbor, en Hawai, el 7 de diciembre de 1941.

5. El título que le daban a Adolf Hitler en alemán era *führer*, que significa jefe o conductor.

6. Los nazis tenían la convicción de ser miembros de una «raza superior», y se creían mejores que el resto del mundo. Se designaban a sí mismos *arios*, y consideraban que el pelo rubio y los ojos azules eran señal de pureza aria. Opinaban que los judíos y otras razas no arias sólo servían para ser sus esclavos.

7. La *Gestapo* era el cuerpo de policía militar del ejército nazi.

8. La *SS* era una unidad de élite dentro de la Gestapo, que respondía únicamente a Adolf Hitler.

9. Alemania, Italia y Japón formaron una alianza denominada *Eje*. Tenían la intención de conquistar el mundo y dividírselo entre los tres. Alemania e Italia libraron su guerra en Europa, mientras que Japón luchó en el Pacífico Sur.

10. Camisas Pardas era la expresión vulgar que se aplicaba a las tropas de asalto nazis. El partido nazi utilizaba a estos criminales con el propósito de aterrorizar a la población hasta someterla.

11. Los nazis reunieron a los judíos y otras comunidades de países conquistados para que construyeran caminos y fábricas, y realizaran otros tipos de trabajos forzados.

12. Auschwitz y Treblinka eran dos campos de concentración en los que los nazis encerraban a los judíos, los torturaban y los mataban en cámaras de gas. Los campos formaban parte del mayor secreto de la II Guerra Mundial.

13. El *Ghetto de Varsovia* era un enorme arrabal de esta ciudad, donde los nazis obligaron a vivir apiñados a quinientos mil judíos. El ghetto estaba rodeado por un altísimo muro de ladrillo y era constantemente vigilado por guardias armados y perros de asalto. A nadie se le permitía la salida, pero algunos descubrían la forma de escapar. Uno de los métodos consistía en tratar de atravesar el alcantarillado hasta la parte aria de la ciudad.

14. El nombre de la organización secreta de Emanuel Ringelblum, que reunía información contra los nazis, era *Oneg Shabbat*, o sea «Espíritu de Sabbath»; esta última palabra significa «sábado judío».

15. El Levantamiento del Ghetto de Varsovia fue encabezado por Mordecai Anielewicz, un joven de veintitrés años.

16. Mientras los Estados Unidos e Inglaterra atacaban a Alemania desde el oeste, los rusos avanzaban desde el este. De esta forma, Europa quedó dividida en una zona anglo-americana y una zona rusa.

17. La primera victoria británica contra los alemanes tuvo lugar en el desierto de Africa del Norte,

en las afueras de la ciudad egipcia de *El Alamein*, el 3 de noviembre de 1941.

18. El 6 de junio de 1944 tropas británicas y norteamericanas desembarcaron en la costa francesa de Normandía. Esta invasión recibió el nombre de Día D y fue el principio del fin para Hitler y su ejército.

BANCO DE DATOS AGOTADO. PASA LA PÁGINA PARA EMPEZAR TU MISIÓN

Cuando aparezca este símbolo, no olvides que, para orientarte, puedes consultar la lista de datos que hay al final de este libro.

Hoy es el 15 de noviembre de 1940. Estás en Varsovia, la capital de Polonia. El cielo se ve frío y oscuro. En el aire se palpa el sufrimiento.

Estás de pie en medio de un mar de gente en movimiento. Cientos de hombres, mujeres y niños de aspecto fatigado y asustado se abren paso a tu lado. Todos llevan bolsas y maletas, además de mantas arrolladas alrededor del cuello. Algunas personas arrastran carritos o carretillas llenos de vestidos, utensilios de cocina y ropa de cama.

De pronto notas que la multitud está rodeada por soldados. Hombres de mirada altanera, pelo rubio y ojos azules, con ametralladoras y porras, los vigilan por los cuatro costados. Algunos soldados sujetan de la traílla a gruñones perros pastores alemanes. Toda la tropa usa brazalete de color rojo brillante con una esvástica negra en el centro.

—¡Circulen! ¡Circulen! ¡El que no avance rápidamente será arrestado! —grita una voz áspera en alemán, desde un altavoz.

La muchedumbre baja de prisa una calle estrecha, arrastrándote consigo. Más adelante ves un viejo y destartalado bloque de apartamentos cercado con alambre de púas. Un alto muro de ladrillos comunica los edificios. Hay más guardias armados en la entrada. ¿Es ése tu punto de destino?

—¿A dónde vamos? —preguntas a una joven que camina a tu lado. Lleva un cochecillo de bebé lleno de libros.

—Lo llaman el barrio judío —te dice con tono de amargura—. Dicen que los judíos tenemos que vivir aquí por nuestro propio bien ¡Pero en realidad se trata de una cárcel nazi!

¡Los nazis! Entonces éstos son los nazis, de los que Emanuel Ringelblum ocultó los cántaros de leche. Te preguntas si Ringelblum estará en medio del gentío, registrando los acontecimientos en su diario.

—Disculpa —le dices a la joven—, ¿conoces a un hombre llamado Emanuel Ringelblum?

Antes de que ella tenga tiempo de responder, se oye una voz chillona por un megáfono:

—¡Abran paso! ¡Abran paso! ¡Abran paso a los arios!

Estás a punto de perder el equilibrio cuando te empujan, y quedas separado de la joven con el cochecillo de bebé.

Una multitud muy diferente aparece por la bocacalle. En su mayoría son rubios y de ojos azules. Aunque llevan también maletas, se les ve serenos y sin miedo.

—¿A dónde van? —preguntas a un hombre de espaldas anchas con una cicatriz en la cara, que observa a los arios con evidente rencor.

—¿Y tú qué crees? —responde colérico—. A vivir en nuestros hogares y hacerse cargo de nuestros negocios.

—¡Judíos, adelante! —la orden salida del megáfono vuelve a poner a la muchedumbre en movimiento. Contemplas el muro de ladrillos, más adelante. ¿Qué habrá detrás? Un perro lanza una dentellada a una chiquilla que aúlla de terror. Un soldado ríe. ¿Cómo puede parecerle divertido?

Los arios pasan a tu lado, avanzando en sentido contrario. Si corres ahora, podrás unirte a ellos antes de que el guardia te vea. ¿O deberías quedarte en la fila y entrar en el aparentemente lúgubre barrio judío? ¿Qué camino te llevará hasta Ringelblum? ¡Toma una decisión enseguida, antes de que sea demasiado tarde!

Te unes a los arios.
Pasa a la página 14.

Entras en el barrio judío.
Pasa a la página 10.

CORRES para salvar tu vida. El chico que está delante te apremia:

—¡Venga! ¡De prisa! ¡De prisa!

Te esfuerzas para mantener el ritmo de tu acompañante, que baja corriendo un callejón oscuro, cruza una puerta estrecha, sube tres pisos de escaleras y llega a un tejado desierto. Los edificios están tan próximos que saltáis de tejado en tejado a lo largo de una manzana entera y finalmente pasáis por una claraboya hasta un desván exiguo pero tranquilo.

—Aquí estaremos a salvo —dice el chico cuando te dejas caer en un rincón, exhausto—. Nos libramos por los pelos.

—¿Dónde estamos? —paseas la mirada por la habitación, que está vacía si exceptuamos un colchón raído y una pequeña mesa.

—En mi escondrijo —responde, y agrega con orgullo—: Soy contrabandista.

¿Contrabandista? ¡Si no es mayor que tú!

—¿Con qué contrabandeas? —le preguntas.

—Hoy nabos y zanahorias. Mañana probablemente coles. Todo depende de lo que haya disponible en la parte aria —el chico saca una zanahoria del bolsillo y te la ofrece—. Toma. Gratis.

La zanahoria tiene un sabor harinoso, pero la devoras ávidamente.

—Mantengo a una familia de seis personas con lo que gano. Desde que murió mi padre soy el hombre de la casa —se quita la mochila, la vacía de montones de za-

nahorias y nabos; a continuación empieza a clasificar la verdura según su tamaño.

—Supongo que te crees muy duro —dice sin levantar la vista.

—¿Qué quieres decir?

—¿Dónde está tu brazalete?

—Acabo de llegar —le dices—. Todavía no he tenido tiempo de conseguirlo.

—Pues te conviene hacerlo cuanto antes. Podrían fusilarte por no llevarlo —el contrabandista se incorpora, dispuesto a seguir en movimiento—. ¿Quieres volver a la plaza ahora para ver si tu familia sigue allí? —te pregunta.

—Estoy solo.

El chico menea la cabeza comprensivamente.

—Ya pillaron a los tuyos, ¿no? ¿Quieres venir a casa conmigo?

—Gracias —dices—, pero tengo que encontrar a un hombre que se llama Emanuel Ringelblum.

—Nunca oí hablar de él. Pero a lo mejor mi primo Mordecai sabe quien es. Él conoce prácticamente a todos los del ghetto.

¿El ghetto? ¿Querrá decir lo mismo que «barrio judío»? No tienes tiempo de preguntarlo. Tu nuevo amigo ya está trepando por la claraboya.

—Me llamo Yankel —te dice por encima del hombro— ¡Vamos!

Lo sigues hasta la casa de su primo Mordecai.
Pasa a la página 22.

CORRE el mes febrero de 1941. El frío glacial te corta la respiración. Sigues en el barrio judío, pero ahora las calles están desiertas. Seguramente todo el mundo está dentro, tratando de entrar en calor.

Caminas hasta la esquina y miras en ambas direcciones. La noche está fantasmalmente tranquila. Luego ves unas luces a lo lejos. Distingues una fila de personas delante de un gran bloque de apartamentos. Parecen saltar y brincar. ¿Estarán bailando? Vas de prisa hacia la multitud.

A medida que te acercas, aminoras el paso. Hay soldados alemanes por todas partes. Te deslumbran las luces de los faros de sus jeeps.

La gente que forma la fila tiembla de frío. Uno a uno son empujados para ser rociados con una solución lechosa que sale de un bote metálico.

—¿Cuándo podremos volver a entrar? —jadea un hombre bajo y delgado, con gafas.

—En cuanto todas las habitaciones del edificio hayan sido fumigadas —responde un soldado que se abotona su pesado abrigo de lana— ¡Ya conoces las reglas!

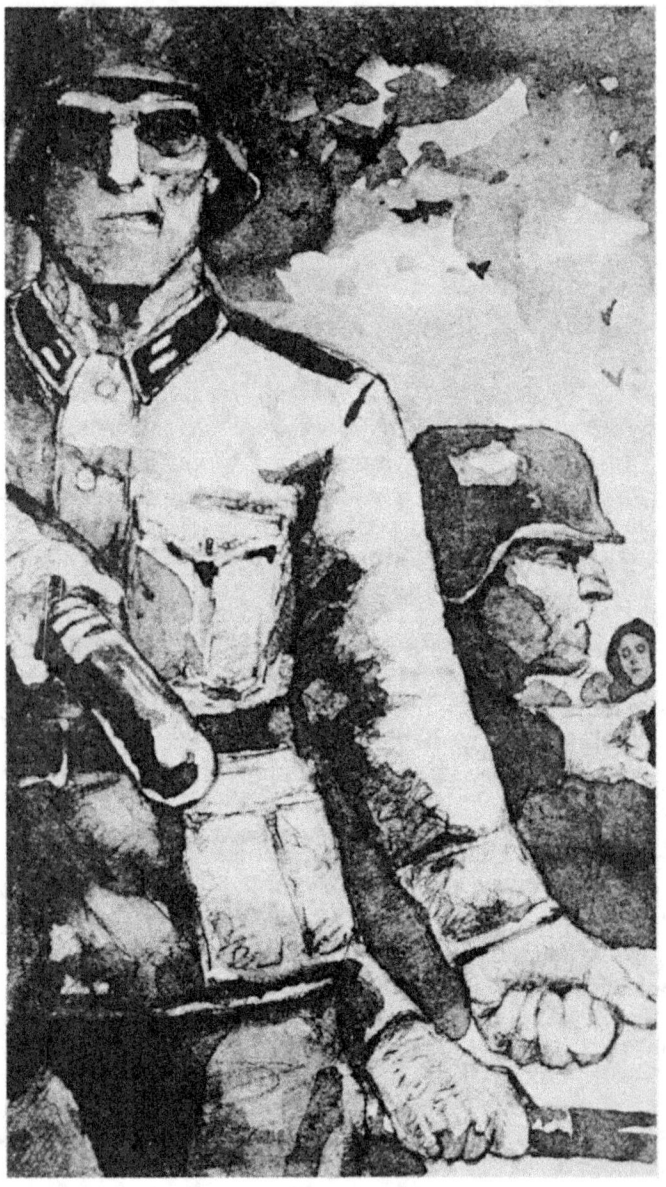

Cuando uno de vosotros enferma de tifus, todos los habitantes del edificio tienen que ser desinfectados.

Tratas de retroceder, pero es demasiado tarde. Un robusto soldado rubio, de unos diecinueve años, sonríe mientras te apunta con el fusil.

—¡A la cola, chico!

—Pero yo no vivo en este edificio —le informas.

—Te diré lo que haremos —dice el soldado—. Te concederé una oportunidad. O me acompañas a la cárcel de Pawiak o te pones en la fila.

Devanándote los sesos, te diriges a la fila. Tienes que huir a un lugar seguro. El soldado te da la espalda por un instante. Ésta es tu oportunidad.

¡Agáchate detrás de un jeep nazi y salta!
Pasa a la página 20.

Estás en la esquina de Smocza y Niska, en el barrio judío. Todavía es noviembre de 1940, pero tienes la impresión de estar en la Edad Media más que en la Varsovia del siglo veinte. No hay coches ni tranvías, y sólo de vez en cuando aparece un carro tirado por un caballo. Tampoco hay árboles, ni hierba, ni siquiera se ve mucho el cielo. Sólo distingues una sólida masa gris de edificios sucios por el hollín. Y brazaletes. Brazaletes blancos, de ocho centímetros de ancho, con estrellas de seis puntas en el medio. Cada hombre, cada mujer y cada niño lleva su brazalete.

Sabes que Ringelblum es judío, de modo que tiene que estar por allí. Pero, ¿cómo lo harás para encontrarlo? Hay miles de personas. Viejos, jóvenes, bajos, altos, morenos, rubios. Por las calles deambulan todas las personas imaginables a la búsqueda de un lugar donde dejar sus pertenencias.

—¡Aaron! —le grita a su marido, desde la ventana de un segundo piso, una mujer regordeta que lleva un pañuelo en la cabeza— ¡Trae a los niños! He encontrado una habitación.

—¡Judíos! —dice a la multitud un barbudo que lleva

un largo abrigo negro— Tengo diez pequeñines. Ayudadme a encontrar un lugar para vivir.

Miras a los diez niños pálidos que se aferran a su padre.

—¡Ve al instituto, amigo! —le aconseja alguien— Están asignando un aula a cada familia.

—Damas y caballeros —anuncia en voz alta un joven bien parecido apoyado en un carrito cubierto de arpillera—. Vendo patatas. ¡Ninguna está podrida!

El gentío corre a comprar patatas. Te das cuenta de que en medio de tanta confusión la gente empieza a organizarse, tratando de adaptarse a la situación.

Un gran camión del ejército se precipita calle abajo. Los peatones se dispersan para hacerle lugar. De repente el camión frena con un chirrido y saltan al suelo dos robustos soldados.

—¡Voluntarios para el führer! —gritan, deteniendo a la gente a diestro y siniestro, obligándola a subir a la parte trasera del camión.

Nadie se ofrece voluntariamente. Muchos, presas del pánico, pasan como una tromba a tu lado, tratando de eludir a los soldados.

—¡Trabajos forzados! ¡Trabajos forzados! —gritan mientras huyen en todas direcciones.

Uno de los soldados te mira.

—¡Tú! —te ordena— ¡Al camión!

Si toda esta gente trata de escapar, lo último que quieres es subir a ese camión. Busca con la vista un escondite.

—¡Eh! —un chico bajo y enjuto, con una mochila a

la espalda, te hace señas desde detrás del carrito de patatas— ¡Por aquí! ¡Sígueme!

Da la impresión que el chico sabe por dónde anda. Tal vez quiera ayudarte. O quizás trabaje para los alemanes y te está tendiendo una trampa. Puedes correr el riesgo de seguirlo o avanzar tres meses y buscar entonces a Ringelblum. ¿Qué debes hacer?

Vas con el chico.
Pasa a la página 4.

Avanzas tres meses.
Pasa a la página 7.

Sigues a los arios alejándote del barrio judío. Terminas delante de una elegante cafetería al aire libre, en una amplia avenida bordeada de árboles. Hombres y mujeres bien abrigados beben vodka y café, mientras un violinista va de mesa en mesa cantando serenatas.

Un cochazo negro, un Mercedes, frena delante de la cafetería. Se apea el chófer para abrir la portezuela. De la parte de atrás sale un oficial con uniforme negro y la insignia de una calavera en la manga.

El dueño de la cafetería sale corriendo a su encuentro y se inclina ante él.

—Buenas tardes, Herr Obersturmführer. Su mesa lo espera.

Observas que hacen sentar al oficial en la única mesa con flores de la cafetería. Los otros clientes inclinan la cabeza cortésmente a su paso.

Oyes que un parroquiano le dice a otro entre dientes.

—¡Esos oficiales de las SS pueden hacer cualquier cosa impunemente!

Al otro lado de la calle, en un hermoso parque, una anciana vende galletas saladas a unos escolares. Algunos niños ríen y juegan a la pelota. Los horribles guardias, los perros malvados y la alambrada de púas parecen muy distantes ahora, pero tú sabes que están a sólo un kilómetro y medio de la cafetería.

—¿Buscas algo? —murmura una voz en tu oído. Te vuelves y ves a tu lado a un hombre rubio y bajo, con trinchera. Usa un sombrero de ala ancha inclinado sobre sus ojos azules, y da la impresión de estar estudiando tu rostro. Está tan cerca que te sientes incómodo. Das un paso atrás.

—No —te apresuras a responder, te vuelves y andas de prisa calle abajo. Al girar una esquina, aparece ante tus ojos un magnífico edificio de piedra, con columnas e imponentes puertas de madera. Ves un cartel que dice «Universidad de Varsovia».

—¡Una universidad! Sabes que Ringelblum era historiador. Tal vez alguien del departamento de historia pueda ayudarte. Subes corriendo los amplios peldaños y tiras de la puerta. Está cerrada con llave. Buscas un timbre o una campana, pero no encuentras nada, de modo que golpeas torpemente con el puño. Nadie responde. Vuelves a intentarlo.

—Estás perdiendo el tiempo, pequeño.

Un viejo encorvado, con pantalones holgados y una escoba en la mano está al pie de los escalones.

—Busco el departamento de historia —le dices.

—¿El departamento de historia? —el anciano menea la cabeza— La universidad lleva meses cerrada. ¿Tú no escuchas la radio?

—He estado fuera —replicas— ¿Qué ocurrió?

—Arrestaron a casi todos los profesores. Los enviaron a campos de trabajo por ser intelectuales —escupe asqueado— ¿A quién buscas? Soy el portero y quizás pueda ayudarte.

¡Por fin!

—Bien, quizás la persona que busco no ha sido profesor aquí —explicas—. Pero es un historiador que se llama Emanuel Ringelblum.

El portero, alarmado, se pone rígido.

—¿Ringelblum? ¿Qué significa esto? ¿Una encerrona?

—¿Encerrona? —preguntas.

—Ringelblum es un apellido judío. ¿Qué intentas? ¿Que me arresten? —el portero parece aterrorizado.

Una voz extrañamente conocida grita de repente:

—¡Por allí! ¡Es ése! —te vuelves y ves al hombre de trinchera que corre hacia ti, seguido por un soldado nazi.

—¡No te muevas! —grita el nazi al tiempo que te señala.

El portero te mira fijamente, asustado. Sin darte tiempo a que le expliques nada, susurra:

—¡Huye!

Finguiendo forjecear contigo, te empuja para ayudarte a escapar. Al mismo tiempo grita:

—¡Vuelve aquí, sanguijuela!

Mientras corres, comprendes que a los judíos les está prohibido traspasar los muros del ghetto. Como sabes que Ringelblum es judío, deduces que tiene que estar allí.

Más allá ves un parque. Te internas en él oyendo a los perseguidores que van tras de ti. Buscas amparo frenéticamente. ¡Rápido, ocúltate detrás del quiosco de música y salta al barrio judío!

Saltas al barrio judío.
Pasa a la página 10.

Es noviembre de 1941 y te encuentras en un bosque de las afueras de Varsovia. No hay señales de vida, pero después de haber escapado por los pelos, el silencio te resulta agradable.

Por el momento te sientes a salvo, y empiezas a abrirte camino entre los árboles, rumbo a la ciudad. Tienes que encontrar a Mordecai.

Como salida de la nada, aparece en tu camino una mujer de facciones duras, con pantalones y chaqueta de hombre.

—¡No te muevas o disparo! —te apunta a la cara con un anticuado rifle de caza— ¡Vaya, es un crío! —exclama sorprendida bajando el rifle.

—Un crío también puede ser un espía —responde otra voz: de detrás de un árbol sale un joven con una cartuchera.

—Correcto —grita un rubio fornido apuntándote con su pistola—. Registra al espía, Jan. Y cuidado con las granadas.

Oyes el sonido metálico de las armas. Miras a tu alrededor y te encuentras rodeado por lo menos por treinta hombres y mujeres vestidos de oscuro y con botas altas. Te observan con suspicacia mientras Jan te cubre.

—No soy un espía, créeme —le informas a Jan durante el cacheo.

El rubio se dirige a los demás.

—Magda, Peter, Frederic y Halina, separaos y registrad el bosque. Este chico puede ser un señuelo.

—O un fugitivo —apostilla la mujer del rifle.

—O un nuevo recluta para los guerrilleros —bromea Jan.

El rubio no sonríe.

—Enseguida lo averiguaremos —gruñe. Todos te apuntan con sus armas.

¿Los guerrilleros? Observas a tus captores. Casi todas sus armas son anticuadas. Tienen que ser los valerosos combatientes de la libertad que abandonaron sus hogares y se fueron a vivir al bosque para luchar contra los nazis. Si lograras ganar su confianza, podrían serte útiles. Regresa la partida de registro.

—El bosque está desierto, Pavel —informa Magda al rubio—. Allí no hay nadie —el grupo se siente visiblemente aliviado. Todos bajas las armas.

—Está bien, habla —te ordena Pavel— ¿Qué haces aquí?

—Escapé de los nazis —respondes.

Los guerrilleros intercambian una mirada de complicidad.

—¿Un renegado? Nada me gusta más que eso —dice Pavel con tono aprobatorio—. ¿De qué ciudad vienes?

Sólo conoces el nombre de una ciudad y allí sólo hay un sector que quieres investigar.

—De Varsovia —replicas—. Del ghetto.

Los guerrilleros están impresionados. Intercambian murmullos.

—¿Un judío?

—Eso está a dos días de distancia a pie.

—Este chico tiene agallas.

—Eres muy valiente si has logrado fugarte —comenta Pavel—. Pero cometiste un error viniendo aquí. Nunca te las arreglarás por tu cuenta en el bosque, y nosotros no podemos quedarnos con una persona de tu edad. Siempre estamos en movimiento y tú nos obligarías a ir más despacio.

—Pero yo no quiero quedarme aquí —dices—. Quiero volver al ghetto.

—¿Estás loco? —grita Jan— ¿Quieres volver a ser esclavo de los nazis?

—En primer lugar, ¿por qué te largaste? —inquiere Pavel.

—Tú tienes tu misión y yo la mía —contestas sinceramente.

Atónitos, los guerrilleros callan. Tal como esperabas, no te hacen más preguntas.

—Bien —dice Pavel—. Hay dos caminos para volver al ghetto y los dos son peligrosos. Puedes atravesar el alcantarillado que hay por debajo de la ciudad o subir hasta el cementerio judío —mira a sus camaradas—. En cualquier caso, te llevaremos hasta las afueras de Varsovia.

Retornas al ghetto a través del alcantarillado. Pasa a la página 27.

Retornas al ghetto a través del cementerio judío. Pasa a la página 38.

Los chillidos agudos de cinco mil voces femeninas taladran el aire. Estás en una gigantesca sala oscura y te da miedo mirar hacia delante y conocer la causa de los gritos.

—Ohhhhhh! ¡Frankie! —suspiran las voces al unísono. Después reina el silencio.

Transcurre el mes de noviembre de 1941. Te encuentras en una gran sala de conciertos de los Estados Unidos. El lugar está lleno de chicas adolescentes que se desmayan ante su ídolo de la canción: Frank Sinatra.

—¿No es lo más adorable que hayas visto en el mundo? —pregunta a su amiga una chica de pelo castaño con coleta— ¡A mí me vuelve loca!

Otra chica, con una sonrisa de oreja a oreja y lágrimas en las mejillas, dice repetidas veces:

—Si me dirigiera la palabra, me moriría. Me moriría si...

Después de la miseria y los sufrimientos que has visto en Varsovia, la forma en que habla esta gente te parece absurdamente irreal. ¿No sabrán lo que ocurre allá?

Abandonas el concierto a la mitad y vas a parar a una bulliciosa acera neoyorquina repleta de peatones que caminan apresuradamente. Algunos llevan grandes bol-

sas de compra llenas de paquetes y van tan atolondra-
dos que están a punto de hacerte caer al pasar por tu
lado. Otros se detienen para comprar perritos calientes,
castañas o helados en los puestos expendedores esta-
cionados a cada pocos metros. Te preguntas qué harían
los habitantes de Varsovia si vieran tanta comida.

En un cercano quiosko de periódicos llaman tu atención los titulares del día: «No iremos a la guerra, promete Roosevelt. Submarinos alemanes amenazan Gran
Bretaña.» Hojeas uno de los periódicos, pero no encuentras ninguna mención a la situación de los judíos
en Varsovia.

¿Es posible que la totalidad de los Estados Unidos
desconozca lo que ocurre allá?

Saltaste a este lugar para alejarte de los nazis y, aunque probablemente estás a salvo, no concluirás tu misión quedándote. La gente no parece muy preocupada
por Hitler y estás perdiendo un tiempo precioso. Tienes
que volver a Polonia.

**Regresas a Varsovia.
Pasa a la página 4.**

EL edificio está en el 18 de la calle Mila.

—Por aquí —dice Yankel mientras te conduce a través del abarrotado patio y por unos peldaños que dan al sótano.

—Tendríamos que haber telefoneado antes —sugieres—. Quizá no esté en casa.

—¿Telefonear? —gruñe Yankel— ¿De dónde has salido? ¿Vienes de otro mundo? En el ghetto no hay teléfono. Cortaron todas las líneas.

Otra vez la misma palabra. Los nazis dicen «barrio judío», pero la gente que vive allí lo designa por su verdadero nombre: ghetto. Un mugriento y atestado arrabal en el que no hay ninguna salida.

En medio de la oscuridad se oye una voz penetrante:

—¿Quién anda por ahí?

—*Amcho* —dice Yankel—. Soy Yankel y busco a Mordecai Anielewicz.

Alguien raspa una cerilla. Bajo su luz ves a un joven alto, de unos veintiún años, de pelo oscuro y ardientes ojos negros.

—Acabas de dar con él, y has llegado a tiempo. Baja

y échame una mano —el joven se vuelve e ilumina el camino hasta el sótano.

—Mordecai, mi amigo busca a alguien que se llama Ringelberg —dice Yankel.

—Ringelblum —lo corriges.

—Acabo de verlo en el bazar de Smocza —responde Mordecai—. No volverá hasta la noche.

Te animas. ¡Mordecai conoce a Ringelblum! Esta noche hablarás con él cara a cara.

Al entrar en el sótano ves a unos quince niños y niñas pequeños vaciando un saco que contiene libros viejos y muy gastados.

—¿Qué es esto, una biblioteca? —inquiere Yankel.

—Una escuela. El tercer curso, para ser exactos —contesta Mordecai—. Las estamos montando en todo el ghetto. No vamos a permitir que estos chicos sean ignorantes sólo porque lo desean los nazis —señala una pila de tablones de madera podrida—. Instala los bancos mientras yo intento abrir alguna ventana para que entre más luz.

—¡Mordecai! —chilla una niña de trenzas rubias— ¡Una rata! —señala un rincón del sótano deshaciéndose en lágrimas. Mientras dos pequeños persiguen a la rata para ahuyentarla, Mordecai se acerca a la niña y le tapa la boca.

—¡Chitón, Sarah! Recuerda lo que te he dicho. No debemos hacer ruido si no queremos que nos descubran.

Aunque está aterrorizada, la pequeña Sarah se traga las lágrimas. Mordecai la abraza cariñosamente y le acaricia la cabeza.

—No te preocupes. Esta vez no ha ocurrido nada, pero tienes que ser valiente. Nada de ruidos, ¿vale? —la niña mueve la cabeza afirmativamente. Mordecai se dirige a ti y a tu nuevo amigo—: Será mejor que subáis a hacer guardia. Si véis a algún soldado o a cualquier persona sospechosa, arrojad este ladrillo escaleras abajo —entrega a Yankel un trozo de ladrillo; se vuelve y te hunde el dedo en el pecho— ¡Tú! ¿Dónde está tu brazalete?

—Compraremos uno en la calle —se apresura a decir Yankel—. Vamos.

—¿Tampoco hay escuelas? —le preguntas a Yankel mientras subís los peldaños.

—Ni escuelas, ni periódicos, ni correspondencia, ni radios. ¡Nada! —protesta— Pero Mordecai dice que no importa. Que mientras estemos vivos no debemos renunciar a la esperanza. Que algún día terminará la guerra.

—¿Qué es eso que le dijiste antes en la escalera? —preguntas.

—¿*Amcho*? Es nuestra contraseña, una palabra hebrea que significa «uno de nosotros» —de pronto Yankel se queda helado—. ¡Y allí está uno de *ellos*!

Un soldado nazi con casco está apoyado en la entrada del patio, con las manos en las caderas. ¡Y te mira abiertamente!

—¿Dónde está tu brazalete, judío? —dice con tono socarrón.

—¡Oh, Dios mío! —bufa Yankel— Sabía que ocurriría esto.

No te atreves a huir hacia el sótano para no descubrir la escuela clandestina, poniendo en peligro a Mordecai y a los niños. Por una ventana abierta saltas a la planta baja, pasas corriendo junto a una asombrada familia que está sentada a la mesa en la cocina y sales por la puerta de su casa. A tus espaldas, el soldado te ordena volver.

Estás a solas en el pasillo del edificio, a salvo por un momento. Ahora no puedes regresar junto a Mordecai para pedirle el domicilio de Ringelblum. Tienes que saltar rápido a algún sitio. Tal vez te convenga trasladarte a otra parte del ghetto para intentar volver más tarde. O quizá deberías avanzar un año, cuando el ghetto esté más asentado y la gente se haya establecido. Probablemente será menos peligroso.

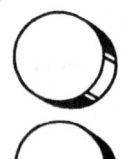

Saltas a otra parte de ghetto.
Pasa a la página 7.

Avanzas un año y buscas a Mordecai.
Pasa a la página 17.

PLAF. Plaf! Desde lo alto, las tuberías oxidadas gotean formando charcos fangosos a tus pies, mientras te arrastras por el enorme alcantarillado subterráneo de Varsovia, con la intención de llegar al ghetto.

Has andado mucho desde la entrada al alcantarillado hasta la orilla del río Vístula.

Los guerrilleros han garabateado un mapa con la ruta que debes seguir. La orientación es perfecta. El túnel está desierto. Todo marcha de acuerdo con el plan.

Un crujido que suena a un lado te hace encoger. ¡Crinch! ¡Crinch! ¡Crinch! Un ejército de ratas, perturbadas por tus movimientos, intenta escabullirse. Uno de los roedores, del tamaño de un conejo, corretea junto a tus pies. Te estremeces. Se te pone la carne de gallina.

Recuerdas a Sarah, la chiquilla que gritó al ver una rata en el aula clandestina de Mordecai. Aquello ocurrió hace un año. ¿Estará bien ahora? ¿Habrán cambiado mucho las cosas en el ghetto?

Más adelante ves unos escalones de piedra. Según el mapa, deberían conducirte a tu destino. Al llegar al pie, el dulce sonido de un violín acaricia tus oídos. Alguien está dando un concierto exactamente encima de tu cabeza.

La melodía es hermosa. Te recuerda una canción de

cuna. Sonríes y abres de un empujón una puerta metálica que te lleva a la luz del día.

En medio de la calle ves a un grupo de niños que escucha atentamente la música que les ofrece un violinista bajo y calvo. Tiene los ojos cerrados y acuna el instrumento como si fuera un tesoro sagrado. Los niños están inmóviles.

—Tocaba en la Filarmónica de Varsovia —dice respetuosamente un chico alto y delgado. Los demás le hacen señas para que se calle.

Notas que la mayoría de los chicos van descalzos y que muchos parecen hambrientos. Te sorprende que a pesar de todo puedan interesarse por la música.

Avanzas hacia el gentío que permanece en pie ante un edificio de piedra marrón. Otro grupo desborda la entrada.

—¿Qué ocurre aquí? —preguntas a una mujer de contextura frágil, apoyada en un bastón.

—¡Silencio! —te dice— El comité judío está celebrando una reunión abierta.

Encuentras un sitio libre debajo de una ventana del edificio y te esfuerzas por oír lo que dicen en el interior.

—Debes tratar de comprender —implora alguien de voz profunda— que hacemos todo lo que podemos.

—¡No es verdad! —grita una voz colérica que reconoces de inmediato— Vosotros sois nuestros representantes. Toda esta comunidad depende de vosotros.

—¿Qué más quieres que hagamos?

—Tenéis que ser más exigentes —insiste la voz polémica— ¡Necesitamos más medicamentos! ¡Necesitamos más comida!

—Todos los días negociamos estas cosas con los nazis. Pero la guerra ha provocado escasez en toda Europa. Nosotros no tenemos la culpa.

—Por supuesto. Nadie tiene la culpa. Entretanto, estamos encerrados en este ghetto como animales muertos de hambre.

La gente empieza a chillar y la reunión se convierte en un caos. De pronto la muchedumbre de la entrada se separa y aparece Mordecai Anielewicz que es el que ha desencadenado la furia.

Algunos le palmean respetuosamente la espalda, pero otros le gritan.

—¡Deja de crear conflictos! ¡Sólo lograrás empeorar las cosas!

Mordecai se aparta de todos y echa a andar calle abajo. Lo sigues.

—¡Mordecai! —lo llamas.

Mordecai se vuelve.

—Creí que los nazis te habían atrapado sin brazalete hace un año —dice sorprendido.

—Escapé —respondes orgulloso—. Y todavía sigo buscando a Emanuel Ringelblum. ¿Sabes dónde está?

—Vive en la cale Leszno. Aquí a la vuelta. La tercera casa a la izquierda.

¡Fabuloso! Casi has llegado a tu punto de destino.

Ve a la calle Leszno.
Pasa a la página 32.

PARECÍAS fuerte, de modo que los alemanes decidieron enviarte a un campo de trabajo y no a una cárcel. Con otros cien trabajadores estás construyendo una gran instalación de almacenamiento de gasolina para el ejército nazi.

Estás agotado, pero sigues trabajando. Si aguantas diez minutos más, habrá un descanso y podrás sentarte. Te echas un pesado saco terrero sobre los hombros y avanzas a trompicones hacia una chirriante mezcladora mecánica de cemento.

Arrojas el contenido del saco en una enorme tina metálica y miras a tu alrededor. Hay guardias armados apostados en todo el solar, y sus ojos están siempre fijos en ti. Tienes la impresión de que nunca llegará la oportunidad de escapar.

Retrocedes por un campo embarrado y haces esfuerzos con la siguiente carga. Te sientes como un mulo. Sólo te consuela pensar en la próxima comida y en el momento de dormir. Observas a los demás trabajadores. Tienen las ropas raídas por el barro. Sus rostros carecen de expresión. ¿Cómo pueden soportar esta situación?

—Tranquilo, tranquilo —te advierte el hombre que está a tu lado, dirigiéndote una bondadosa mirada desde detrás de sus gafas con montura metálica—. Ve más despacio si quieres llegar al final de la jornada.

—¿Cuándo saldremos de aquí? —resuellas.

—El promedio es de unas seis semanas —responde—, pero este proyecto puede llevar más tiempo.

¡Seis semanas! No puedes quedarte tanto tiempo.

—La primera semana es la más dura —continúa tu compañero de trabajo—. Después te acostumbras. La comida no es tan mala, y las barracas son precarias pero están limpias. Si no enfermas, lograrás llegar al final.

Pero no quieres llegar al final. Necesitas volver al ghetto lo antes posible.

¿Qué es eso que hay al borde del camino? ¡Una moto! Observas sus brillantes neumáticos negros y el sidecar. Avanzas con aire indiferente hacia la centelleante máquina. ¡La llave de contacto está puesta!

Suena un cencerro. Es hora de descansar. Los trabajadores y la mayoría de los soldados se dirigen hacia un furgón donde sirven el rancho, al otro lado del campo.

¿Intentarás fugarte? Nunca has conducido una moto, pero no crees que sea tan difícil. ¡Espera! Uno de los guardianes mira hacia donde estás. Aún no te hallas a su alcance, pero se acercará de un momento a otro. Tal vez te convenga esperar una ocasión más oportuna.

Montas en la moto e intentas escapar.
Pasa a la página 37.

Esperas un momento más oportuno.
Pasa a la página 56.

TE emociona tanto pensar que te reunirás con Emanuel Ringelblum que tropiezas mientras avanzas a toda prisa hacia la calle Leszno. Al acercarte a la tercera casa, ves en el portal a un hombre con un abrigo oscuro y con cara de intelectual. ¿Será él?

—Disculpe, señor —dices con un tono que intenta ser indiferente—. ¿Es usted Emanuel Ringelblum?

—No —refunfuña.

—Pero vive en ese edificio, ¿verdad? —insistes.

—¿Quién te ha dicho eso? —pregunta observándote con suspicacia.

—Mordecai Anielewicz.

—¿Conoces a Mordecai? —se relaja— Espera aquí. Iré a ver si Emanuel puede recibirte —el hombre entra en la casa y cierra la puerta.

Bien, por fin has encontrado a Ringelblum. Y ahora ¿qué?, piensas para tus adentros.

Has deambulado por esta ciudad controlada por los nazis el tiempo suficiente para saber que Ringelblum no te contará sus secretos así como así. Has espías por todas partes. Y pueden tener cualquier edad, incluso la tuya.

Si quieres localizar los documentos secretos, antes tendrás que ganarte la confianza de Ringelblum. Pero, ¿cómo lo harás?

Se presenta en el umbral un hombre alto, delgado y de pelo negro.

—Soy Emanuel Ringelblum —te dice amablemente—. ¿No quieres pasar?

Es muy joven, piensas mientras lo sigues. Y muy cordial. No era eso lo que esperabas.

Ringelblum te guía a través de un pequeño dormitorio hasta llegar a un estudio rebosante de libros y papeles.

Quita unos periódicos de una silla y te ofrece asiento.

—¿En qué puedo ayudarte? —te pregunta sonriente.

—Señor, soy yo quien quisiera ayudarle a usted —dices—. Quiero unirme a su organización.

De repente se pone serio.

—¿De qué organización hablas? —pregunta evasivamente.

Empiezas a tartamudear. Por supuesto, su organización es un secreto celosamente guardado. Probablemente sólo cuenta con un reducido puñado de compañeros que lo ayudan a escribir la historia de ghetto. No es probable que tú hayas tenido acceso a esa información. ¿Qué le dirás ahora?

—He oído el rumor de que usted está reuniendo datos sobre el ghetto —respondes.

—Ese es un rumor muy peligroso —te dice con tono grave—. Te sugiero que lo olvides de inmediato.

—Pero, señor...

—Ahora bien, si quieres trabajar como voluntario en un comedor popular, serás de gran ayuda —dice tratando de cambiar de tema.

En ese instante el hombre que antes estaba en la puerta irrumpe en el estudio.

—¡La Gestapo!

En su voz percibes un miedo cerval. Si la policía nazi encuentra las notas de Ringelblum, todos seréis arrestados.

Los dos hombres empiezan a reunir frenéticamente papeles y rollos fotográficos que había sobre el escritorio. ¿Contendrán la información prohibida?

Ringelblum abre una pequeña estufa de carbón que hay junto al escritorio.

—Aquí. Simón.

El otro parece horrorizado.

—Pero, Emanuel...

—No hay tiempo para ocultarlo. ¡Quémalas!

Golpean a la puerta. Simón y Ringelblum arrojan a la estufa los papeles y el rollo de fotos. Ahora los golpes son más fuertes. Simón se vuelve y te mira.

—¿Qué hacemos con el chico?

Ringelblum te da la mano y golpea la pared con la otra. Se abre un panel secreto. Te empuja hacia el interior de un hueco del tamaño de una cabina telefónica.

—No hagas ruido si no quieres que te arresten —te advierte.

El panel se cierra y quedas a solas en la oscuridad. De pronto el estudio se llena de gritos. Una voz ordena,

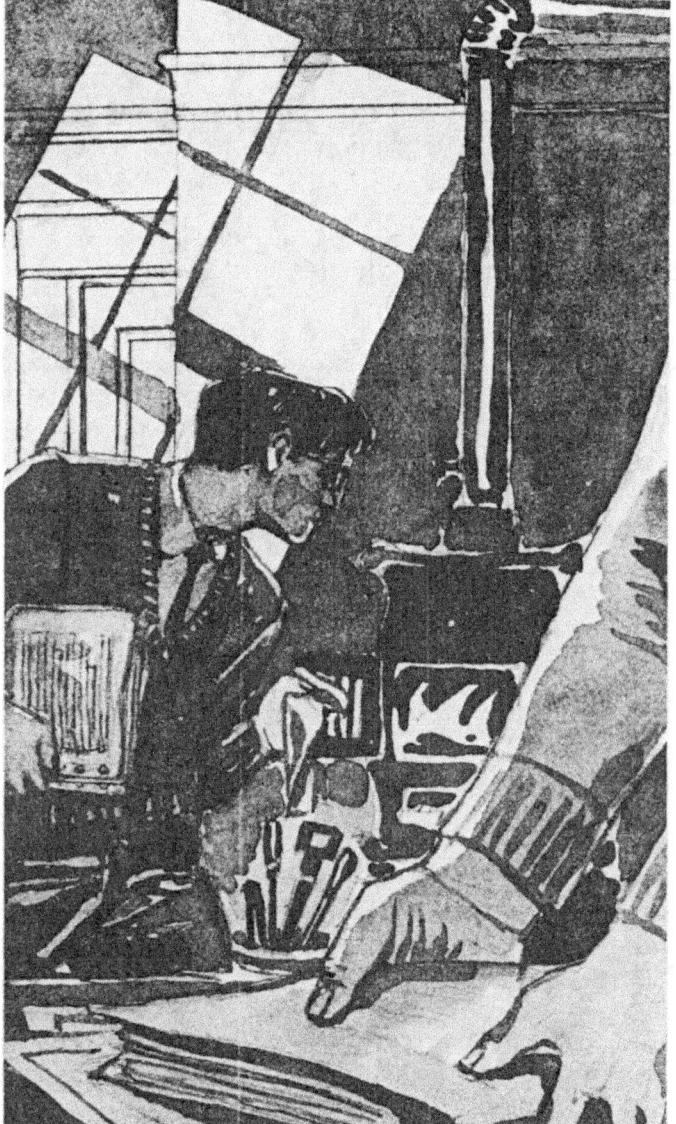

en alemán, que registren el lugar. Oyes golpes, crujidos e incluso el sonido de bofetadas. Luego un soldado golpea la pared a muy poca distancia de tu cabeza.

¡Están buscando paneles falsos! Tienes que salir ahora mismo, pero no quieres perder el contacto con Ringelblum.

Puedes quedarte donde estás y avanzar tres horas. O desaparecer por completo y volver a la calle Leszno dentro de unas semanas, cuando sea un lugar un poco más seguro.

Tienes que decidirte a toda prisa.

Avanzas tres horas.
Pasa a la página 44.

Desapareces de la casa de Ringelblum y
vuelves a aparecer
dentro de una semana.
Pasa a la página 41.

DECIDES que ahora o nunca. Arrojas al suelo tu saco terrero y corres hacia la moto. Montas en el asiento y enciendes el contacto. El motor arranca con un rugido. Aprietas el acelerador y bajas dando tumbos, alejándote del campo de trabajo.

Suena un disparo. Los alemanes te siguen con sus jeeps. ¡Están cada vez más cerca!

Giras rápidamente para salirte del camino y dirigirte al bosque. Zigzagueas entre los árboles cuando notas una especie de sacudida en la moto. Miras el indicador de gasolina. El depósito está vacío. Una bala debió de atravesarlo.

La moto tiembla una vez más. Luego se detiene. Saltas, dejándola caer al suelo.

Podrías trasladarte a Varsovia corriendo el riesgo de aterrizar en cualquier parte. O seguir a pie y entrar sin ser visto. Hagas lo que hagas, no pierdas el tiempo. ¡Los alemanes no están muy lejos!

Saltas a Varsovia.
Pasa a la página 10.

Vas a pie.
Pasa a la página 17.

UN fantasmal silencio te envuelve cuando te deslizas por el cementerio judío antes del amanecer. La ciudad todavía duerme, pero tú llevas horas despierto.

Parece que la única forma de que un judío pueda abandonar el ghetto consiste en salir con una escolta de guardas nazis. Entrar a solas y pasar inadvertido es imposible, aunque quizás puedas unirte a un funeral.

El cementerio está fuera de los muros. Es tierra de nadie. Aguardas nervioso a que salga de ghetto el primer cortejo fúnebre. En ese momento tienes que escabullirte y unirte a los deudos con el propósito de volver a entrar en el barrio judío sin que te pillen.

Por ahora debes permanecer oculto y no enfriarte, porque cuando llegue el momento tendrás que moverte a gran velocidad y en silencio.

Divisas un gran mausoleo de granito cerca de la entrada del cementerio. Ése debe ser un buen escondite. El portal, de hierro forjado, no está cerrado con llave. Entras de puntillas.

De repente te echan al suelo... y sientes en el cuello

la fría hoja de una navaja. Dos ojos oscuros se miran en los tuyos.

—¡Eres tú! —susurra tu atacante con una voz que te resulta familiar.

—¡Yankel!

Te ayuda a incorporarte y te da un fuerte abrazo.

—Creí que te habían atrapado hace un año.

—No, logré escapar —le dices.

—Entonces tú también eres un contrabandista. Bienvenido al club.

Os dais la mano. Pero el aullido de un perro interrumpe vuestras efusiones. Yankel se asoma.

—Una patrulla viene hacia aquí. ¡Corre! —jadea y desaparece.

Vas tras él, pero esta vez no eres lo bastante rápido. Un pastor alemán te acorrala contra una lápida. Ahora Yankel no puede ayudarte. Amanece y estás solo.

Como fantasmas nocturnos, los soldados nazis convergen sobre ti desde todas las direcciones. Uno de ellos te coloca una ametralladora en la espalda. Otro te mira a la cara y dice con tono amenazador:

—¿Creías que podrías librarte de nosotros, verdad? —te ata las manos con una cuerda— Un paso en falso y eres hombre muerto —vocifera dándote un empujón— ¡Ahora muévete!

Pasa a la página 30.

ESTÁS delante de un magnífico edificio abovedado en la calle Leszno. Parece un palacio, pero del interior sale un olor repugnante y oyes extraños sonidos de animales. ¿Cómo es posible? Te asomas al interior.

El hermoso suelo de mármol está cubierto de barro y estiércol; el gran salón está lleno de caballos. Miras hacia el techo y ves una vidriera de colores con una estrella de seis puntas. Tiene que ser la sinagoga de Tlomackie, la más famosa y bella de Varsovia. Los nazis la han convertido en un establo.

Indignado, vas a toda prisa al apartamento de Ringelblum. Estás más decidido que nunca a trabajar para él.

—¡Tú! ¡De prisa! ¡Acompáñame! —dos soldados salen de la nada y te levantan por los brazos. Te debates con todas tus fuerzas para liberarte, pero te sujetan con firmeza y te arrastran calle abajo. ¿A dónde te llevan?

Al doblar la esquina, fijas la mirada sorprendido.

En medio de la calle han dispuesto una mesa que parece un banquete digno de un rey. Ves a once judíos sentados ante la mesa, contemplando ávidamente las apetitosas carnes, verduras y frutas.

Centenares de hambrientos retenidos a punta de pistola ocupan la acera y rugen desesperados a la vista de tanta comida. Durante los últimos dos años sólo han visto patatas podridas y pan enmohecido.

Los soldados te dejan caer en la duocécima silla, ante la mesa.

—¡Bien! —ladra un oficial que está de pie en un jeep abierto— ¿Cámaras preparadas!

Se acercan dos alemanes con filmadoras portátiles. El oficial señala la mesa.

—¡Atención, judíos! Cuando dé la señal, debéis comer. ¡Pero hacedlo lentamente! El que intente hartarse de comida será ejecutado.

Uno de tus raptores ríe entre dientes, encantado.

—Esto llenará de satisfacción a la Cruz Roja —dice—. El führer sabe cuidar de sus judíos.

Comprendes lo que ocurre. Los alemanes filmarán a los judíos comiendo para demostrar que no hay hambre en el ghetto. Por primera vez comprendes en todo su valor las notas de Ringelblum. Sólo su información es veraz.

—¡Judíos, comed!

Todos los que están en la mesa empiezan a llenar sus platos. La mujer que está a tu lado pronuncia una bendición de agradecimiento antes de tomar el primer bocado.

—Más mentiras —dice un joven con tono de hastío—. Si aparecieran los rusos y nos liberaran... o los norteamericanos...

—¿Los norteamericanos? —preguntas. Eres consciente de que el hombre que maneja la cámara te filma mientras comes una manzana.

—Hemos sabido que entraron en guerra —susurra el joven—. Después que los japoneses los bombardearan.

—¡Judíos, basta!

Los soldados despejan la mesa de inmediato. Uno de ellos te arranca la manzana.

—¡Levantaos y marchad hacia la pared!

Te preguntas qué ocurrirá ahora.

—¡Oh, Dios mío! —grita el joven— ¡Nos fusilarán! —echa a correr cuando los soldados rompen el fuego. Tú te escondes debajo de la mesa.

Tienes que saltar a algún lado lo antes posible. Sabes que tanto Rusia como Estados Unidos combaten contra los nazis. Quizás alguno de sus ejércitos libere en breve a Polonia. En tal caso podrías ponerte bajo su protección y volver a reunirte con Ringelblum sin peligro.

Saltas a la zona de combate norteamericana más cercana.
Pasa a la página 58.

Saltas a la zona de combate rusa más cercana.
Pasa a la página 48.

Eɴ el hueco secreto que hay detrás de la pared el aire está viciado. Has avanzado tres horas. Es el atardecer. Fuera oyes voces, pero no estás seguro de saber a quiénes pertenecen. Espias disimuladamente por una grieta.

Ves sillas volcadas, libros dispersos por todas partes y tablas del suelo arrancadas. El registro nazi ha dejado en ruinas el estudio.

Luego ves a Mordecai paseando nervioso de un lado para otro.

—Todo está arreglado —dice—. Los guerrilleros te sacarán a hurtadillas para llevarte a una granja en las afueras de la ciudad, de donde saldrás sano y salvo hacia Londres. Tengo los pasaportes falsos. Puedes partir esta noche.

¿Con quién habla Mordecai? Inclinas un poco la cabeza y vislumbras a Ringelblum escribiendo en su escritorio.

—Ya te lo he dicho, Mordecai —responde—. No pienso irme.

Sabes que Ringelblum no salió del ghetto hasta que éste fue incendiado, en 1943. Ahora es 1941. Te preguntas por qué se habrá quedado tanto tiempo.

—Profesor Ringelblum, tienes que ser razonable —implora Mordecai—. Eres demasiado valioso para perecer en el ghetto. Debes huir para ser nuestro portavoz y decirle al mundo lo que ocurre.

Ringelblum levanta la vista.

—El mundo es sordo, amigo mío —dice serenamente—. No quiere oír nada. Pero llegará un día en que los alemanes tendrán que responder por sus crímenes. Entonces estas notas serán nuestra voz y nuestra prueba.

¡Crash! Te has apoyado tan fuerte contra el panel secreto que lo abriste y caíste en el estudio. Mordecai y Ringelblum te miran boquiabiertos.

—¡Tú! —grita Mordecai.

—Me había olvidado de ti —dice Ringelblum disculpándose— ¿Estuviste todo el tiempo encerrado ahí?

—No sabía si era prudente salir —respondes, molesto por tu torpe aparición.

—Este chico te busca desde hace meses —informa Mordecai a Ringelblum. Se vuelve hacia ti—: ¿Conseguiste lo que buscabas? —te pregunta.

—Todavía no —replicas. Ahora Ringelblum y tú estáis frente a frente—. No pude dejar de oír lo que dijo sobre las notas, señor —confiesas—. Por favor, permítame ayudarlo.

—Jamás pondría en peligro la vida de un niño —afirma—. Además, ¿qué podrías hacer tú?

—Podría ser mensajero —sugieres—, o centinela. ¡Cualquier cosa!

—En ese instante entra la esposa de Ringelblum, una bonita mujer de ojos pardos. Está muy alterada.

—¡Emanuel!

Ringelblum da un salto.

—¿Qué ocurre?

—Se trata de Uri —responde con voz temblorosa—. Me parece que ha contraído el tifus.

Ringelblum palidece y sale del estudio a la velocidad del rayo.

—¿Quién es Uri? —preguntas a Mordecai.

—Su hijo de siete años —te aclara Mordecai—. Vamos. Nosotros aquí no podemos hacer nada más que estorbar.

De mala gana lo sigues afuera.

—Eso significa que está condenado a muerte —dice Mordecai meneando la cabeza con gran pesar—. En el ghetto no hay medicinas. El pequeño Uri no vivirá más de una semana.

—¿Dónde estás las medicinas? —quieres saber.

—En Inglaterra, Holanda, Alemania, Rusia. ¡De un lado a otro de Europa! —dice Mordecai amargado— Incluso hay algunos medicamentos en Varsovia, en la parte aria. ¡Sólo los judíos no merecen salvación!

Seguís andando por la calle, en silencio. Poco a poco una idea adquiere forma en tu cabeza.

—¿En qué lugar de la parte aria? —le preguntas.

—Ya sé lo que estás pensando. ¡Olvídalo! —te advierte Mordecai—. Es un hospital tan bien custodiado que ni siquiera una mosca podría entrar sin permiso.

Tal vez una mosca no pueda, pero quizá tú lo logres. ¿Qué mejor para ganar la confianza de Ringelblum que salvar la vida de Uri?

Pero, ¿a dónde irías? Sabes que las medicinas están en el hospital de Varsovia, tan protegido como una fortaleza. ¿No te convendría probar suerte en Inglaterra?

—Adiós, Mordecai —dices exaltado— ¡Ya nos veremos! —corres calle abajo hasta un patio desierto, y saltas.

**Saltas a Inglaterra.
Pasa a la página 52.**

**Saltas al hospital de la parte aria.
Pasa a la página 64.**

ESTÁS en la esquina de una inmensa plaza llena de tanques en movimiento y millares de soldados que marchan en formación. La temperatura es de 25° bajo cero. El penetrante viento te hace arder la cara. Te castañetean los dientes y te duele hasta respirar.

Cerca hay un encumbrado palacio con la bóveda dorada. Lo reconoces: es el Kremlin. Es el 8 de diciembre de 1941 y te encuentras en la Plaza Roja, en el centro de Moscú.

Un camión del ejército aminora la marcha al pasar a tu lado. El conductor abre la puerta.

—¡Rápido, pequeño camarada! —atruena su voz— ¡Sube si no quieres helarte!

Agradecido, montas en el camión. El conductor, un gigante de cara rubicunda y espesos bigotes, te cubre con una manta. Te acurrucas en su envolvente calidez.

—Está muy bien aclamar al ejército ruso, pero tendrías que haberte puesto ropa más abrigada —te regaña el conductor.

Te asomas bajo la manta. El conductor lleva un pesado abrigo militar, guantes y sombrero de piel, y una gruesa bufanda.

Una serie de explosiones retumban a lo lejos.

—¿Oyes eso? —canturrea dichoso el conductor— ¡Son nuestros cañones! Nos persiguieron hasta Moscú, pero finalmente logramos cambiar el rumbo. Esos asesinos nazis recibirán la paliza de su vida.

—¿A qué distancia están? —preguntas.

—A unos veinticinco kilómetros. Congelándose las entrañas —responde satisfecho—. Sus tanques están congelados. Sus armas están congeladas. Sus alimentos... ¡Hasta su ropa! ¡Ja, ja! Están vestidos como si fuera pleno verano —te guiña un ojo—. Tendrían que haber aprendido de Napoleón, ¿no te parece? El invierno ruso es nuestra arma más mortífera.

—¿Y Polonia? —dices pensando en el ghetto— ¿Cuánto tiempo os llevará llegar allí? Tengo algunos amigos en Varsovia.

—Ah, amigos —el conductor asiente con la cabeza y hace una apusa para meditar—. Los alemanes son combatientes muy fuertes —prosigue— y Polonia está a miles de kilómetros. Probablemente el año que viene.

¡El año que viene! No puedes permitirte el lujo de esperar tanto. Tendrás que arreglártelas por tu cuenta en el ghetto. «Como tantos judíos», piensas apenado. Falta mucho tiempo para recibir ayuda.

Saltas a Varsovia.
Pasa a la página 38.

Comunicas a la gente que te rodea que eres fascista.

—¡Que no se escape el traidor! —grita el hombre de la horquilla.

—¡No te muevas, camisa negra! —chilla el de la escopeta— Ahora Mussolini no puede ayudarte.

Unas manos muy fuertes te levantan y te llevan hacia el límite del campo.

Has cometido un grave error. Son muchos los italianos que odian al ejército fascista, especialmente los campesinos de las pequeñas aldeas.

Alguien saca una cuerda y la arroja por encima de la rama de un árbol. Si no te das prisa, te convertirás en el chivo expiatorio de todas las desgracias que ha padecido esta gente.

—¡Tengo el tifus! —gritas con toda la fuerza de tus pulmones—. ¡El que me toque se contagiará!

Los campesinos te sueltan. Aterrizas en el suelo. Todos retroceden asustados.

—¡El fascista está enfermo! —giran sobre sus talones y huyen.

Italia no parece una buena elección. Debes cuidarte de los alemanes y de los fascistas, por no citar a los campesinos desconfiados. Tal vez te convenga probar suerte en Holanda.

**Escóndete detrás del árbol
y salta a Holanda.
Pasa a la página 61.**

Estás en una esquina, a pocas manzanas de Piccadilly Circus, en Londres, pero tienes la impresión de encontrarte metido en una colmena. ¡Todos están atareados!

Con expresión decidida pero alegre, unos trabajadores amontonan sacos terreros delante de una escuela. Otros quitan escombros de en medio de una calle, bromeando entre ellos. La mitad de los edificios que te rodean sólo son pilas de vigas astilladas y cristales hechos añicos.

Es el 20 de abril de 1942. Aunque por todas partes reina la destrucción, no cunde la desesperación. Nadie parece hambriento ni asustado; la gente muestra una expresión resuelta y desafiante.

—¡No te acerques, querido! ¡Estás en una zona peligrosa!

Te vuelves y ves a dos mujeres jóvenes, de mejillas sonrosadas, con uniformes del ejército y cascos de metal.

—Tenemos que buscar las BSE —te informa la más alta, con aires de suficiencia.

—¿BSE? —preguntas, pues no comprendes qué quiere decir.

—Bombas sin explotar, por supuesto —responde la otra, una mujer mofletuda y peinada con coleta, que lleva calcetines hasta las rodillas.

—Las favoritas de los Fritz. Dejan caer un par de bombas de efecto retardado juntamente con las normales. Luego, un día o dos más tarde, llega un chico inocente como tú y salta en pedacitos por los aires.

Contemplas el edificio derruido y te apartas de inmediato. «Fritz» parece ser la forma inocente de referirse al enemigo. Pero al pasear la mirada a tu alrededor comprendes por qué esa gente ha conservado el sentido del humor.

No hay soldados nazis por allí. Es obvio que los ingleses luchan arduamente y pagan un precio muy alto para proteger su libertad, pero parece irles mejor que a los habitantes del ghetto.

—Disculpe —interpelas a un anciano elegantemente trajeado, con bombín y paraguas—. ¿Hay algún hospital cerca?

—Sí, pero fue bombardeado anteayer. ¿Estás muy enfermo, amiguito?

—Yo no —explicas—, pero un amigo mío tiene el tifus...

—¡Tifus! —el hombre parece sorprendido— ¿En Londres?

—No, ni siquiera está en Inglaterra...

—¡Ya me parecía! —el hombre vuelve a interrumpirse—. Al margen de lo que ocurra, en este país mantenemos buenas condiciones sanitarias.

—Sí —dices—, pero en el ghetto de Varsovia carecen de instalaciones sanitarias.

—¿Dónde? —te mira desconcertado— Ah, sí. ¿Te refieres a ese sitio donde están los judíos?

—Sí —replicas apremiante.

—Bien, yo no me preocuparía por esos individuos. Vi un noticiario referente a ellos en el cine. Lo tienen muy bien montado.

—Lo que muestran estos noticiarios son puros embustes —protestas.

El ulular de una sirena rompe el silencio. El hombre menea la cabeza entristecido.

—¿Ves? No podemos preocuparnos por nadie más. Tenemos nuestros propios problemas. Mi hijo es piloto y... —mira al cielo. Oyes el ronroneo de unos aviones—. Será mejor que busques refugio —el hombre desaparece de prisa.

Ves cómo la gente se aleja de la calle para entrar en un refugio antibombas cercano. Comprendes que Inglaterra no es el lugar más adecuado para encontrar medicinas contra la fiebre tifoidea. Esta enfermedad parece no existir aquí, de modo que las provisiones han de ser escasas... o inexistentes.

¡Pum! En algún lugar próximo estalla la primera bomba alemana de este ataque. Será mejor que te largues de Londres y busques otro sitio si quieres encontrar medicinas para el tifus y ganarte la confianza de Ringelblum.

Mordecai mencionó Rusia y Holanda. ¿Por qué no pruebas suerte en uno de estos países?

Deslízate detrás de un saco terrero y salta.

Vas a Rusia.
Pasa a la página 48.

Vas a Holanda.
Pasa a la página 61.

SIGUES atascado en el campo de trabajo. Te duele la espalda. Tienes las manos llenas de ampollas y las piernas entumecidas.

No estás a solas en ningún momento. Cuando comes, cuando duermes, cuando te lavas las manos, siempre hay un soldado vigilando.

Tendrías que haberte llevado esa moto, piensas. ¿Quién sabe cuándo tendrás otra oportunidad de huir?

Un tiroteo interrumpe tus pensamientos. Un joven de alrededor de veinte años cruza los campos a toda velocidad en dirección al bosque. Lo persiguen unos soldados que disparan sus ametralladoras.

—Espero que lo logre —murmura el hombre que está a tu lado.

Se oye una ráfaga de artillería. El fugitivo se desploma. Tu compañero suspira, ahora sin esperanzas.

Mientras dos soldados arrastran el cadáver, los otros rodean al resto de los trabajadores.

—¡En fila todo el mundo! ¡Al centro del campo! —los soldados os empujan violentamente al suelo. Ahí está el futuro depósito.

Cuando todos los trabajadores han formado fila de veinte en veinte, aparece el comandante, un gigante de bigote rubio y cara enrojecida.

—Cuando un hombre quebranta las reglas, todos sufren las consecuencias —anuncia con tono sereno—. Tenemos que mantener una disciplina estricta. Lamentablemente ahora todos aprenderéis que si alguien intenta escapar, diez camaradas suyos pagarán por él... ante el pelotón de ejecución.

¡Un pelotón de ejecución! Se te revuelve el estómago. ¿Cómo pueden ejecutar a diez inocentes con el único propósito de darles una lección a todos?

—¡Uno! —el oficial señala a un hombre maduro, con los dientes rotos; los guardianes se lo llevan— ¡Dos! —se llevan al hombre bondadoso que conociste el día de tu llegada— ¡Tres!

De improviso te empujan a ti. ¡Tú eres el número tres! No puedes creerlo. Tienes que salir de aquí. Pero no sabes qué hacer.

—¡Cuatro!

Buscas desesperado un sitio para esconderte.

—¡No! ¡No! —Un fornido trabajador sale corriendo de la fila y golpea al comandante en la cara— ¡Huid! ¡Huid! —grita.

Es tu oportunidad. ¡Rápido! Escóndete detrás de las barracas y salta al ghetto.

Saltas al ghetto y buscas a Ringelblum.
Pasa a la página 10.

TE encuentras en un muelle medio derruido, observando cómo se hunde un acorazado en llamas. Estás en Pearl Harbor. Es el 8 de diciembre de 1941, la mañana siguiente al sorprendente ataque japonés a la flota estadounidense estacionada en el lugar.

Ululan las sirenas y te arden los ojos por el humo. Te parecé que la inscripción del costado del buque dice *California*, pero no estás seguro. Todo es una nebulosa.

—¡Despejen! ¡Despejen! —Una dotación de sudorosos marineros te empujan a un lado y abordan en tropel una patrullera que hay en el muelle. En unos minutos llegan al buque naufragado y se suman a un grupo de trabajo que aparentemente libra una batalla perdida.

Un hombre bajo y rechoncho, con una cámara, corre hasta donde estás tú y te saca una foto.

—¡Excelente! —exclama— Oye, chico, muévete un poco más hacia adelante. Me gustaría tomar todo tu perfil.

Sin darle la oportunidad de tomarte otra foto, un marinero alto y rubio, con pecas, lo agarra por el brazo.

—Deja en paz a ese chico —le ordena arrastrando las palabras, con fuerte acento sureño—. Los periodistas sois todos iguales. Lo único que os importa es hacer un reportaje.

El periodista se aleja enfadado y sin responder; el marinero te mira con simpatía.

—¿A quién buscas, chiquillo? ¿Conocías a alguien de ese barco?

—No —respondes—, pero necesito saber cuándo los Estados Unidos liberarán Varsovia.

Te mira con los ojos en blanco.

—¿Qué? ¿Dónde está Varsovia?

Intentas explicarle lo que los nazis están haciendo a los judíos en el ghetto, pero él ignora de qué le estás hablando.

—Empezaremos a movernos para darles a los japoneses una paliza que jamás olvidarán —promete—. Y después también le daremos una lección a Hitler.

Con toda probabilidad este marinero y sus camaradas no sabrán nada de Varsovia durante años. Aquí no tienes nada que hacer. Lo mejor será que vuelvas a Varsovia y no te separes de Ringelblum.

Pasa a la página 27.

Es un espléndido atardecer primaveral fuera de la estación de trenes de Rotterdam, en Holanda. Las calles están desiertas y todo se ve artificialmente tranquilo. La única señal de vida es un círculo de bellos tulipanes rojos y amarillos en la jardinera de piedra de una esquina cercana.

Te preguntas dónde estará la gente.

Entras en la estación en busca de una respuesta y encuentras a una multitud que espera haciendo cola, en absoluto silencio. Algunos transportan maletas repletas de enseres. Otros tienen bolsas de la compra llenas de baterías de cocina, y llevan mantas y almohadas sujetas bajo los brazos.

Al acercarte adviertes que todos lucen el distintivo de estrellas amarillas de seis puntas. Una chica muy bonita te dice al oído:

—¿Cómo lograste llegar hasta aquí durante el toque de queda?

—No tuve ninguna dificultad —respondes.

—Eres muy valiente —te dice admirada.

—¿A dónde vais? —le preguntas.

—En realidad no lo sabemos. A algún lugar del este. Los alemanes dicen que allí mi padre encontrará trabajo y que tendremos más comida.

Un tren muy largo entra en la estación. Los vagones no tienen asientos ni ventanillas. Sólo son enormes cajas de madera sobre ruedas, destinadas a transportar ganado.

Esta cuestión te huele mal. Por lo que sabes, el punto de llegada podría ser un campo de trabajo. Emprendes la retirada.

¡Demasiado tarde! Un soldado alemán con una ametralladora te obstaculiza el paso.

—Al tren, por favor —te indica amablemente.

Algunos judíos están inquietos, pero tienen tanto miedo que no ponen objeciones. Subes al vagón de ganado con un retortijón en la boca del estómago, apretado a un centenar de personas.

—Esto está muy lleno —grita un hombre que lleva en brazos un bebé.

Se ordena a otro grupo que suba al mismo vagón.

—¿Dónde hay agua? —pregunta una mujer canosa.

Pero nadie responde.

El soldado cierra de golpe la puerta del vagón, que queda completamente a oscuras. Cuando cierra el candado con todos dentro, un niño grita atemorizado.

Tú también estás asustado cuando el tren sale traqueteando de la estación. Había algo frío y casi inhumano en la forma como los soldados apretujaban a la gente en el vagón de ganado... somo si no les importara nada lo que pudiera ocurrirle al «cargamento».

¿Cuál será ese destino misterioso en el este? ¿Y qué les ocurrirá a los pasajeros cuando lleguen?

Pasa a la página 78.

Estás en el pasillo largo y brillantemente iluminado del Hospital Czyste, en la parte aria de la ciudad. El suelo está recién fregado y huele a desinfectante y a cera. De vez en cuando hay una puerta abierta. Tal vez alguna conduzca a la enfermería, donde probablemente tienen guardadas las medicinas.

Te quitas el brazalete judío, bajas el pasillo de puntillas y te asomas a la primera puerta. Da a una sala llena de jóvenes heridos, envueltos en vendajes. Algunos parecen muy malheridos.

En el otro extremo, un médico de bata blanca y una enfermera examinan a un muchacho pálido y delgado que gime de dolor.

—Tómeselo con calma, cabo, se pondrá bien —dice el médico con voz tranquilizadora.

Tienen que ser soldados heridos, piensas.

Pasas a la sala siguiente. Casi se te paraliza el corazón. ¡Tres oficiales nazis rodean la cama de un paciente! Dejas de prisa esa sala y te encaminas a la escalera. ¡Más alemanes suben los peldaños! Retrocedes y te encuentras cara a cara con una enfermera cansada pero muy bonita, que lleva una bandeja con comida.

—¿Qué haces aquí? —te pregunta.

—Yo... hummm... creo que me he perdido —le dices—. Estaba buscando la sala de enfermos de tifus. Tengo que visitar a un amigo que está allí.

—No hay ninguna sala de enfermos de tifus —la enfermera te mira con suspicacia—. Solo tenemos un ala para enfermedades infecciosas. A propósito, ¿quién es tu amigo? ¡Este hospital sólo atiende a soldados alemanes!

Comprendes que has cometido un error. ¿Cómo saldrás de este lío?

—No es un paciente —afirmas—, sino un farmacéutico. Me dijo que viniera para darme una receta.

La enfermera te levanta el mentón y te mira a los ojos.

—No se permite la entrada de civiles en este hospital —dice tranquilamente— ¿Me dirás qué buscas aquí?

La miras fijamente. Es fuerte, pero también amable. Decides confiar en ella.

—Necesito medicinas contra el tifus para un niño enfermo —le dices.

—Imposible. Todas las medicinas son para los soldados nazis heridos en el frente.

—Bastará que me señale la dirección correcta —le ruegas.

—¿Estás loco? Podrían arrestarte sólo por estar aquí.

—¡Enfermera! —oyes pisadas al otro lado del pasillo.

—¡Rápido! —la enfermera te empuja pasillo abajo— Ocúltate aquí. Volveré más tarde.

Abre una puerta en la que lees «Ropa de cama» y te empuja al interior de un pequeño armario. En un instante quedas a solas en la oscuridad.

Reflexionas. Las medicinas tienen que estar cerca, pero encontrarlas será más difícil de lo que creías. Sin embargo, el hecho de estar escondido en el hospital alemán te ha dado una idea. ¿Por qué no saltar a Alemania, donde seguramente reina la abundancia? Sería un golpe de audacia, pero podría funcionar.

O quizás te convenga más quedarte aquí hasta que vuelva la enfermera a prestarte ayuda. Los medicamentos no pueden estar muy lejos.

Vas a Alemania.
Pasa a la página 88.

Te quedas en el hospital
y sigues buscando.
Pasa a la página 70.

Te encuentras en un trigal de Italia. A poco menos de un kilómetro de distancia divisas una granja ruinosa. Te encaminas hacia ella con la esperanza de que allí te orienten hasta el hospital más cercano.

Te abres camino a través de las doradas espigas. Repentinamente un hombre rechoncho se levanta del suelo y te apunta al pecho con una horquilla. A tu derecha otro hombre, muy moreno y con destellantes ojos negros, te apunta a la cabeza con una escopeta. Cinco o seis más aparecen y te rodean.

—¿Quién eres? —te pregunta el de la horquilla— ¿Un fascista?

—¡Ese no es un fascista! —dice un viejo— Demasiado joven.

—Deja que responda el forastero —dice el hombre de la horquilla.

No sabes qué contestar. ¿Debes fingir que eres fascista o negarlo? Tienes la impresión de que si te equivocas en la respuesta tendrás problemas.

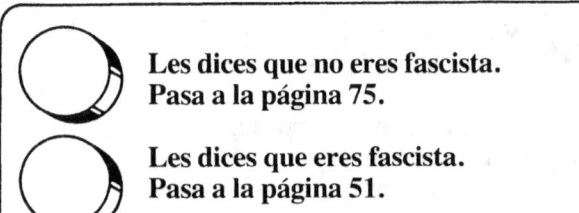

**Les dices que no eres fascista.
Pasa a la página 75.**

**Les dices que eres fascista.
Pasa a la página 51.**

LLEVAS casi una hora escondido en el armario de la ropa blanca. Empiezas a tener calor y a sentirte sofocado; te preguntas si no te convendría tratar de salir a hurtadillas. El tiempo pasa y Uri debe estar empeorando.

En ese momento alguien abre la puerta. Sin darte tiempo a ocultarte, aparece una figura. Estás a salvo. Es tu amiga la enfermera.

—Ponte esto —susurra al tiempo que te entrega una bata corta de color azul—. Es una chaqueta de enfermero. Te permitirán entrar sin pase en el ala de enfermedades contagiosas.

Te pones de prisa la bata y la sigues pasillo abajo.

—No sé por qué hago esto —dice mientras vais a toda prisa hacia la escalera—. Si alguien descubre que te he ayudado, me fusilarán.

—Nunca se enterarán —le prometes.

—No tienes mucho tiempo —te advierte— ¿Está cerca ese niño enfermo?

Instintivamente sientes que puedes decirle toda la verdad.

—En el ghetto.

—¿El ghetto? —la enfermera se pone blanca como el papel—. ¿Eres judío?

Sin darte tiempo a responder, musita «*amcho*» entre dientes.

¡*Amcho*! Recuerdas haber oído esa palabra en boca de Mordecai y de Yankel. Es la contraseña entre los judíos, y significa «uno de nosotros».

Observas asombrado a la enfermera rubia y de ojos azules.

—¿Usted es judía? —le preguntas.

—Una judía que pasa por cristiana —responde—. Aquí creen que soy polaca. Toda mi familia ha muerto. Tal vez algún día pueda contarte toda la historia, pero ahora no debemos perder ni un segundo.

La enfermera mira a un lado y a otro para asegurarse de que no viene nadie y prosigue.

—Escúchame atentamente. Sube a la última planta y sigue el pasillo hasta la última puerta de la izquierda. Allí está la farmacia donde guardan las medicinas. El enfermero a cargo se llama Josef. Dile que Marya, que soy yo, tiene que verle de inmediato en el laboratorio de hematología. Eso queda en el otro extremo del edificio. Tendrás tiempo suficiente para llegar al armario de las medicinas. La adecuada para el tifus está en un frasquito, y la etiqueta dice de qué se trata.

Intentas darle las gracias, pero ella no te lo permite.

—¡Vete! —dice Marya— Tienes que salvar la vida de un niño judío.

Tu ánimo se eleva vertiginosamente mientras subes hasta la última planta. ¡Pronto habrás vuelto con Ringelblum y su familia!

Tratas de recorrer el pasillo que lleva al ala de enfermedades contagiosas con aire de indiferencia. No te preocupa el contagio, porque te vacunaron antes de comenzar tu misión. Los soldados alemanes van de un lado para otro. Pasas junto a ellos con gran aplomo en dirección a la última puerta de la izquierda.

—¡Enfermera! —un oficial sale de una sala y mira a su alrededor— ¿Dónde se han metido las enfermeras? ¡Tampoco he visto ningún médico por aquí!

El nazi tiene razón. Tú pareces ser el único no alemán que está en esa planta.

—¡Enfermero! —te llama el oficial.

—Sí, señor —respondes.

—Vaya a buscar a una enfermera de inmediato. El teniente tiene sed.

—Enseguida, señor —contestas y te encaminas de prisa hacia la farmacia. Quieres salir de allí lo antes posible.

De pronto un joven de bata azul como la tuya sale corriendo de la farmacia y te arrastra hasta el extremo del pasillo.

—¡Ponte a cubierto! —grita.

¡Bum! Una terrible explosión sacude el edificio. La farmacia es presa de las llamas. ¡Bum! La sala llena de alemanes estalla en gritos de dolor y temor cuando explota la segunda bomba.

El joven que está contigo ríe jubiloso.

—Los guerrilleros golpean otra vez. ¡Vamos!

Bajáis corriendo las escaleras de servicio mientras guardias y soldados se precipitan hacia la sala destruida.

Estás aturdido. ¡Los guerrilleros! Sabes que son los polacos que libran una batalla clandestina saboteando a los nazis.

74

—Aquélla era la sala de oficiales —te informa el joven— ¡Les dimos donde más duele!

Y también habéis destruido la medicina contra el tifus, dices para tus adentros.

—Por suerte te vi —dice—. Creí que se lo habíamos advertido a todos los enfermeros de la sala.

Llegáis afuera en el preciso instante en que los camiones de bomberos y los coches de la policía se acercan estridentemente a la entrada del hospital.

—No importa —dice el guerrillero—. Todo salió bien —echa a correr y desaparece.

Hueles el humo que sale del ala para enfermedades contagiosas, ahora incendiada. Parece que has perdido la oportunidad de conseguir aquí la medicina contra el tifus. Lo mejor será que pruebes suerte en otro sitio.

Tal vez habría sido mejor ir a Alemania. ¿O quizás a Italia? Los dos países forman parte del Eje, lo que significa que son aliados. Como están ganando la guerra, cualquiera de los dos puede disponer de una gran provisión de medicamentos.

**Saltas a Alemania.
Pasa a la página 88.**

**Saltas a Italia.
Pasa a la página 68.**

Tomas una decisión.

—No —respondes—, no soy fascista.

El hombre rechoncho baja la horquilla y los demás hacen lo propio con sus armas.

—¡Lo sabía! —grita el viejo—. Esa carita es demasiado inocente para pertenecer a un amigo de Mussolini.

Sonríes aliviado. Sabes que muchos italianos detestan a su dictador, Benito Mussolini, y a su ejército fascista casi tanto como odian a los nazis. ¡Tu respuesta negativa te ha salvado la vida!

—Pero no dejas de ser un forastero —dice suspicazmente el hombre que tiene roto el puente de la nariz— ¿Qué haces en nuestro pueblo?

—Estoy buscando un hospital —respondes—. Necesito encontrar una medicina contra el tifus.

—¿El tifus? —los campesinos retroceden horrorizados.

—No es para mí —te apresuras a explicar—, sino para un niño pequeño.

La expresión del anciano se suaviza.

—Ah, un *bambino* —dice—. Son los que más sufren en la guerra.

El hombre de la horquilla te palmea el hombro.

—El hospital más cercano está a casi cincuenta kilómetros de aquí —te dice sonriendo—. Pero no te preocupes, te ayudaremos. Pareces fatigado y hambriento. Lo primero que tienes que hacer es venir con nosotros, comer algo y descansar.

Sigues a los campesinos a través del trigal, hasta un pequeño y tosco granero con techo de paja. Una vez dentro, dos mujeres silenciosas, de pelo muy oscuro, os sirven a cada uno una pequeña porción de pan y queso.

—Los fascistas se lo llevan todo —te dice un hombre de mediana edad, muy apesadumbrado—. Nuestro trigo, nuestras vacas, nuestros caballos y nuestros carros.

—No nos dejan con qué vivir —agrega un hombre flaco y de grandes orejas mientras limpia su fusil—. Excepto esto.

Observas su anticuada arma. No parece una amenaza en comparación con las ametralladoras y los tanques que has visto.

De repente se oyen motores de coche. Todos se quedan helados menos el hombre flaco, que se pone en pie de un salto y se asoma a una ventana.

—¡Santa Madonna, son los camisas negras!

—¿Los fascistas? ¿Cómo nos encontraron?

Todos los campesinos se incorporan.

—¡De prisa! —grita el hombre de la horquilla— ¡Por la puerta trasera!

Mientras levantan el picaporte de una puerta pequeña que hay al fondo del granero, los fascistas golpean con fuerza.

—¡Abrid! Sabemos que estáis allí.

El flaco se vuelve y dispara atravesando la puerta. Se oye fuera un grito de dolor y de rabia.

—¡Tú! ¡Forastero! ¡Por aquí! —te arrastran por la puerta de atrás y te llevan a unos pastos embarrados.

—Nos han traicionado —solloza un campesino—. Huye si quieres salvar tu vida.

Los ruidos de las descargas de ametralladoras a tus espaldas te hacen saber que los fascistas han descubierto la puerta trasera. Corres hacia los campos sin volver la vista.

Comprendes que Italia no debe ser el sitio más adecuado para buscar el medicamento. Aquí tienes que vértelas con los nazis y además con los fascistas. Quizás tuvieras que haber ido a Alemania. No fue tu primera elección, pero vale la pena intentarlo ahora.

**Saltas a Alemania.
Pasa a la página 88.**

SE abre la puerta del vagón y una ráfaga de aire fresco te da en la cara. Unos guardianes con uniformes grises de campaña llegan con prisas y empiezan a gritar:

——*¡Raus!* ¡Todo el mundo fuera! —chillan tirando de vosotros hacia el andén. Tropiezas. Estás a punto de caer al tambalearte para apartarte de los que caen detrás de ti.

Miras a tu alrededor. Te encuentras en un inmenso recinto rodeado por una alambrada de púas. Sobre tu cabeza hay un enorme cartel que dice: *Arbeit Macht Frei*, o sea «El trabajo te hará libre».

—Oh, Dios mío —gime un hombre a tus espaldas—. Los rumores eran ciertos. Estamos en Auschwitz. ¡Un campo de concentración!

¡Un campo de concentración! Contemplas las bastas barracas de madera donde al parecer viven miles de personas. Están todas espantosamente delgadas, y llevan las cabezas afeitadas. Usan pijamas con rayas blancas y negras, y llevan pequeñas estrellas amarillas de seis puntas cosidas en las camisas. ¡Son judíos! Pero ya ni parecen seres humanos.

Por todas partes hay atalayas. Guardias armados apuntan con sus ametralladoras a los prisioneros, que pasan arrastrándose en reducidos grupos de trabajo.

Los nazis han mentido en todo sentido. Aquí no hay trabajo ni alimento. Sólo esclavitud e inanición.

Una vez estés dentro, no podrás salir de este horrible lugar. Tienes que saltar ahora mismo, antes de que te alejen del andén.

Trasládate hasta el final de la multitud. Lenta y cuidadosamente. No debes hacerte notar. Ábrete paso hacia el vagón de ganado. ¡Agáchate... y salta!

Pasa a la página 48.

Es un atardecer de junio de 1939. Estás en medio de una elegante avenida bordeada de árboles, cerca de la calle Matejki, en Varsovia. Para tu sorpresa, la ciudad parece estar en calma y en paz.

Cientos de hombres y mujeres elegantes pasean disfrutando del tiempo caluroso, reuniéndose con sus amigos para cenar o yendo al teatro.

Pasa un tranvía. Miras el primer vagón, pero no ves en la ventanilla ningún cartel que diga «SÓLO PARA ARIOS». Desvías la mirada hacia el barrio judío y no encuentras ninguna alambrada de púas ni un muro de hormigón. Todavía no existe el ghetto.

—Ven, Uri —oyes. Es una voz conocida—. Mamá y yo te llevaremos a tomar un helado de cucurucho.

Te vuelves y ves a Emanuel Ringelblum y a su esposa tratando de atraer a un bonito crío de pelo castaño que se ha quedado parado delante del escaparate de una juguetería.

Te encantaría saludar a Ringelblum, pero te das cuenta de que él aún no te conoce.

Pasas junto a una cafetería al aire libre y descubres otro rostro conocido. Es el violinista que en 1941 tocaba para los niños. Ahora ríe y toma una taza de té junto a un grupo de colegas.

Ves pasar a tu amigo Yankel, el contrabandista. Lleva una cartera de cuero, usa corbata y parece tener prisa.

—Hola, Yankel —lo saludas automáticamente.

Se detiene y te mira, pero no te conoce.

—¿Estás en el coro? —te pregunta, y sin darte tiempo a responder agrega—: Bien, si estás no le digas a nadie que me has visto, pues no pienso ir al ensayo de esta noche. Prefiero ver el partido de fútbol.

—No se lo diré a nadie —le prometes.

—¿Por qué no vienes conmigo? Conozco a alguien que nos dejará entrar gratis a los dos.

La invitación del buen Yankel es atractiva, pero no puedes perder tiempo. Has saltado a Varsovia en un momento histórico inadecuado. Los alemanes todavía no han invadido Polonia y falta un año que se construya tel ghetto.

Tienes que avanzar en el tiempo para socorrer a Uri con la medicina contra el tifus.

Pasa a la página 107.

ALGO anda terriblemente mal. Hoy es 20 de diciembre de 1942 y vas andando por la calle Leszno, en el ghetto de Varsovia. Pero tienes la impresión de haber ido a parar a una pesadilla. Una pesadilla angustiosa y mortal llena de desolación. Y de misteriosa violencia.

Las puertas cuelgan rotas en los bloques de apartamentos vacíos. Las ventanas están destruidas. Son como enormes ojos ciegos. En calles y patios hay maletas y pequeños bultos de ropa húmeda. No se ve un alma en varios metros a la redonda.

De pronto oyes el ruido de un motor. Te escondes en el edificio más cercano. Corres hasta una ventana y luego retrocedes rápidamente para que no te vean. Un enorme camión nazi ha frenado delante del edificio de enfrente. Los soldados entran y luego van sacando metódicamente mesas, sillas y ropa.

Esperas hasta que el camión se llena y parte. Sales furtivamente del edificio.

A continuación, una mano salida de la nada te sujeta y te hace girar. Miras fijamente. Es un rostro conocido. ¡Es Yankel! Parece mayor y más duro, y en ese instante está sumamente sorprendido.

—¡Pensé que eras tú! —grita Yankel— ¡No puedo creerlo! ¡Estás vivo! —te arroja los brazos al cuello y te da un gran abrazo— ¡Creí que te habían pillado hace dos años!

—¿Dónde está todo el mundo? —le preguntas con tono de urgencia.

—¿Es que no lo sabes? —te mira desconcertado— ¿Dónde has estado?

—Tuve que abandonar el ghetto por un tiempo —respondes— ¿Qué ocurrió?

—No es prudente hablar aquí. Ven.

Sigues a Yankel hasta un edificio abandonado y subís al tejado. A tres manzanas de distancia los nazis cargan en su camión los muebles de otro apartamento.

—Enviaron a todos al este —te dice sin emoción—. Según ellos, se trataba de un nuevo traslado a campos de trabajo donde se suponía que habría alimentos y albergue. Un lugar llamado Treblinka.

—¿Treblinka? —inquieres.

La gente no quería ir, pero los sacaron a rastras y los obligaron a subir a los trenes. Al que se resistía lo mataban en el acto —Yankel contempla su arma—. Pero no era un campo de trabajo, sino una fábrica de muerte. Mataron a trescientas mil personas antes de que nos enteráramos.

¿Trescientas mil personas? Observas el ghetto vacío y comprendes que es verdad.

—Los pocos que quedaron fueron trasladados a un ghetto más pequeño. Este que ves aquí es el ghetto salvaje. Vivimos en unas doce manzanas cuadradas. Construimos refugios y juntamos municiones. ¡Abajo! —Yankel se agacha inmediatamente y tú le imitas.

Un tanque alemán pasa lentamente por la calle. Yankel lo sigue con la vista.

—¡La próxima vez que vengan a buscarnos estaremos preparados!

La cara de Yankel expresa cólera y desafío.

—Yankel —le dices suavemente—, ¿has visto al profesor Ringelblum en algún lugar del ghetto pequeño?

—¿Ringelglum? No.

Se te encoge el corazón. Entonces recuerdas a Mordecai Anielewicz, el joven radical que estaba en contacto con todas las personas importantes del ghetto.

—¿Qué sabes de tu primo Mordecai? ¿Conoces su paradero?

—Mordecai es el cabecilla de la Organización Judía Combatiente —te informa orgulloso Yankel—. Permanece oculto. Sólo los miembros de la organización pueden entrar en contacto con él.

La noticia es mala. Mordecai era tu único vínculo con Ringelblum. Abrigas la esperanza de que él te informará sobre el lugar donde está el profesor.

—Así que si quieres unirte a nosotros... —Yankel te sonríe tentadoramente—. Ahora estoy cumpliendo una misión. Busco botellas, frascos o cualquier otra cosa que podamos usar como bombas incendiarias.

Te encantaría unirte a Yankel y luchar contra los nazis, pero sabes que no puedes. Tienes otra misión.

—¿Cuándo esperáis que vuelvan los nazis? —preguntas.

—Los guerrilleros polacos oyeron el rumor de que volverían a lo largo de esta primavera.

Esta primavera. Tiene que ser en abril de 1943, la fecha del levantamiento.

Aunque encontraras ahora a Ringelblum, pasarían meses hasta que pudieras ver cómo entierra sus archivos. Será mejor que avances hasta el día del levantamiento.

—Lo siento, Yankel. No puedo quedarme contigo —explicas—. Debo encontrar a Emanuel Ringelblum.

—Bien, en ese caso baja toda la calle Smocza hasta el final y llegarás al ghetto pequeño. Yo tengo que quedarme aquí. ¡Buena suerte!

—Buena suerte para ti, Yankel —dices.

Lo ves deslizarse furtivamente calle abajo hasta desaparecer.

En cuanto desaparece de tu vista, saltas al 21 de abril de 1943. Pasa a la página 103.

Te encuentras en una encantadora y pulcra calle de Berlín. Es la noche del 9 de noviembre de 1938.

¡Crash! Miras calle abajo y ves a una multitud de hombres con camisas pardas lanzando ladrillos a la brillante luna del escaparate de una pequeña tienda. Todos aplauden cuando dos adolescentes entran corriendo y salen con montones de relojes de oro y collares de perlas en sus manos.

Otros van a la parte de atrás de la tienda y sacan a rastras a una pareja de ancianos. Miras paralizado cómo los golpean con sus porras hasta hacerlos arrodillar.

Otros hombres que empuñan antorchas se unen a la multitud en una esquina, donde un joven lampiño está de pie encima de un barril de cerveza.

—¡Hermanos! —vocifera— Todos sabemos por qué estamos aquí —te acercas para escuchar mejor lo que dicen—. Los judíos quieren hacerse con nuestra madre patria —grita enrojecido— ¡Mirad a vuestro alrededor! Ayer se metieron en nuestras fábricas. Hoy están apoderándose de nuestros bancos. ¿Y mañana? ¿Permitiremos que también ocupen nuestro gobierno?

—¡No! —ruge la turba.

—¡Entonces debemos dar una lección a los judíos!

El orador abandona de un salto su plataforma. La muchedumbre se dirige a una sinagoga cercana. Mientras algunos patean sus hermosas vidrieras de colores, otros prenden fuego al edificio.

Has ido a parar a la *Kristallnacht* —la noche de los cristales rotos—, que tuvo lugar simultáneamente en toda Alemania.

Recuerdas que los hombres de camisas pardas reciben el nombre de «tropas de asalto». Actúan como matones del partido nazi y parecen disfrutar con los estragos que causan.

Oyes el llanto de una mujer; te vuelves y ves a la anciana de la joyería inclinada sobre su marido, que está tendido en la calle. Les ayudas a ponerse en pie.

—No nos pasará nada —dice el hombre con voz temblorosa. Te mira con expresión de dolor—: ¿Qué hicimos para merecer esto? —pregunta— Soy un buen alemán. ¡Un patriota! En la última guerra luché por la patria. ¡Son unos mentirosos! —grita con voz ronca— Todo lo que dijeron era mentira.

La pareja retrocede hacia su hogar destrozado.

Quizás haya medicamentos contra el tifus aquí, pero en medio de tanta locura tienes muy pocas probabilidades de encontrarlos.

**Saltas al África del Norte en 1941.
Pasa a la página 97.**

**Saltas a Francia en 1944.
Pasa a la página 90.**

Estás en una estrecha calle de un pueblecito francés.

Muchos edificios han sido bombardeados y todo está lleno de cascotes. Te rodea el silencio.

Llamas a la puerta de una casa de piedra gris, pero nadie responde. Vas a otra casa y ocurre lo mismo. Pero esta vez adviertes que un niño se asoma a través de las cortinas de una ventana y que alguien lo aparta rápidamente.

Las calles están desiertas. El único movimiento que ves corresponde a un gato negro que avanza furtivamente entre las sombras de un callejón.

Tienes la impresión de encontrarte en una ciudad fantasma.

Son las postrimerías de junio de 1944. Por el banco de datos sabes que los aliados invadieron las playas de Normandía semanas atrás, hostigando a los nazis. Pero es evidente que la gente sigue asustada. Quizá los alemanes estén cerca.

En las afueras del pueblo oyes un constante zumbido. Te detienes a escuchar. El sonido es cada vez más intenso.

Entrecierras los ojos para recorrer con la mirada el camino de salida del pueblo. Ves un jeep a lo lejos. Después otro. Luego un camión. Dos camiones.

Al poco rato ves todo un batallón de soldados marchando con determinación hacia el pueblo. Les siguen tanques y más cañones. ¡Hacen ondear una bandera roja, blanca y azul!

Un hombre asoma la cabeza desde la ventana de un segundo piso y contempla al ejército que se aproxima.

—¡Han llegado los norteamericanos! —grita exaltado dirigiéndose hacia el interior de la casa.

Docenas de personas salen a la calle. Estallan en aclamaciones y aplausos.

—¡Un viva por los liberadores! —grita alguien.

Una bella mujer de pelo negro corre hasta un fornido soldado de barba incipiente y lo besa. Una chiqilla reparte rosas. Todos los ciudadanos ríen y cantan.

¡Parece la Nochevieja, el Cuatro de Julio y el último día de clase, todo junto!

Un grupo de motocicletas atraviesa la calle precediendo a un coche oficial. En el interior de éste va sentado un hombre de aspecto serio, con cuatro estrellas plateadas en el cuello de la camisa.

—¡Bravo, Eisenhower! ¡Bravo! —vitorea la multitud.

Es el general Eisenhower, comandante supremo de las fuerzas aliadas en Europa. Cuando pasa, mira hacia donde tú estás. Entonces recuerdas que debes cumplir una importante misión.

Ves un jeep de la Cruz Roja y corres para hablar con el médico que lo conduce.

—Por favor, señor. ¿Tiene alguna medicina contra el tifus? —le preguntas. Tienes que ir corriendo junto al jeep para mantener su ritmo.

—¿Qué dices? —grita el médico por encima del estrépito— ¿Me estás pidiendo que te lleve de paseo?

—No —gritas—. Necesito un medicamento contra el tifus.

—Tengo algo, pero las provisiones son escasas.

—Por favor —le imploras— ¡Necesito la medicina para un niño pequeño! ¡Morirá si no la consigo a tiempo!

El médico no responde. Se vuelve, mete la mano en un andrajoso maletín de lona verde y saca un pequeño frasco que contiene un líquido claro.

—Toma, chico —te lo entrega— ¡Buena suerte!

¡Por fin lo tienes! Le das las gracias, le dedicas una sonrisa de oreja a oreja y te vas corriendo.

Ahora debes volver a Varsovia. Pero ¿en qué año tienes que hacerlo? Sabes que has conocido a Ringelblum antes de la rebelión en el ghetto. Pero ¿cuándo fue eso?

En Francia la gente está bailando por las calles, pero tú no tienes tiempo para celebraciones. Deslízate detrás de alguna casa y salta.

Retrocedes cinco años.
Pasa a la página 80.

Retrocedes dos años.
Pasa a la página 107.

CORRE el mes de junio de 1941. Hace un mes que has vuelto al ghetto. Estás sentado en un abarrotado sótano, viendo una representación de *Es difícil ser judío*, de Sholem Aleichem. Aunque la obra fue escrita en 1913, su relato acerca de un estudiante judío que se hace pasar por un amigo suyo ruso, tiene mucho éxito entre el público. Hasta Emanuel Ringelblum, que ocupa el asiento contiguo, ríe de buena gana.

—Es la historia de siempre —susurra—. En aquellos tiempos fingíamos ser rusos y hoy fingimos ser polacos.

Sabes que se refiere a los millares de judíos que están ocultos en la parte aria, viviendo como cristianos.

Desde que te has sumado a la *Oneg Shabbat*, la organización clandestina de Ringelblum, has aprendido mucho sobre el ghetto de Varsovia. Aunque pasan hambre y están aterrorizados, sus habitantes se sienten llenos de esperanza y son muy ingeniosos.

Has asistido a conciertos, espectáculos musicales, bodas y cumpleaños. Has visitado escuelas y periódicos clandestinos, comedores populares, un orfanato y un hospital.

Has descubierto que la *Oneg Shabbat* cuenta con muchos miembros que se reúnen y producen diarios, escritos religiosos y políticos, carteles, fotografías, anuncios y otras manifestaciones de la vida cultural en el ghetto.

Pero no te has enterado de dónde se guardan estas cosas. Se trata de un secreto que Ringelblum guarda celosamente. Sabe que si la SS, la policía secreta de Hitler, llegara a sospechar que tú sabes algo, te arrestarían y te torturarían.

El público estalla en una salva de aplausos al caer el telón. Los actores, antiguos miembros del Teatro Nacional Yiddish, saludan respetuosamente.

—No dejes de llevarte el programa —te recuerda Ringelblum—. Algún día al mundo le interesará saber que, incluso en medio de tanta desgracia, tratamos de reír y de olvidar nuestros problemas.

—Damas y caballeros —anuncia el director del teatro—, contáis con veinte minutos hasta el toque de queda. Por favor, volved de prisa a vuestros hogares.

Cuando sales a la calle con Ringelblum, aparece corriendo Hirsch Wasser, su secretario y mano derecha.

—¡Emanuel! ¿Te has enterado de la noticia? Roosevelt ha dado un ultimátum a los alemanes. ¡Les queda tiempo para rendirse hasta la llegada del nuevo año!

Ringelblum menea la cabeza y sonríe con tristeza.

—Sólo es un rumor, Hirsch. No lo creas.

Hirsch sonríe.

—De acuerdo, no lo creeré. Pero no pierdo la esperanza. Ya sabes que dicen que mientras haya vida hay esperanza.

No abres la boca, pero estás de acuerdo con Ringelblum. Por ahora el resto del mundo está demasiado atareado para preocuparse por el ghetto de Varsovia.

—Venid —os dice Ringelblum a ambos—. Vamos a casa. Quiero anotar los datos de la representación de esta obra.

Les sigues calle abajo, sabiendo que no puedes quedarte mucho más tiempo aquí.

El banco de datos dice que Ringelblum trasladó los archivos a su escondite definitivo inmediatamente antes de que el ghetto fuese destruido. Pero, ¿cuándo ocurrió eso? En el futuro, por supuesto, ¿pero en qué momento del futuro?

¿Deberías avanzar un año, hasta diciembre de 1942, quizás hasta abril de 1943?

**Avanzas hasta diciembre del año siguiente.
Pasa a la página 83.**

**Avanzas hasta abril de 1943.
Pasa a la página 103.**

RETUMBAN cañonazos a tu alrededor. Acaba de amanecer, pero el sol naciente ya es caluroso y brillante. Te sofocas en medio de una densa nube de arena. Y tienes tan seca la garganta que la sientes en carne viva.

Es el 3 de noviembre de 1941. Te encuentras en el desierto occidental de África del Norte, en las afueras de la ciudad egipcia de El Alamein.

A lo lejos una columna de tanques británicos persigue a una compañía de soldados alemanes en retirada.

El suelo empieza a temblar. Te vuelves y ves que un imponente tanque carga contra ti. Si no te refugias rápido, quedarás aplastado.

Ves una zorrera en la que te introduces justo cuando pasa el tanque. Encuentras una cantimplora a tus pies. La levantas y bebes un buen trago de agua.

—¡Eh! ¿Qué haces aquí? —te pregunta un sorprendido soldado británico, que aparece ante tus ojos y que lleva en la mano un fusil con bayoneta.

Oyes un agudo silbido por encima de tu cabeza.

—¡Dio en el blanco! —chilla el soldado. Los dos os dejáis caer boca abajo.

La tierra tiembla cuando estalla una bomba en las cercanías. Estiras el cuello para asomarte a la zorrera y ves aparecer un camión con una conocida insignia roja.

¡Es la Cruz Roja Internacional! Quizás ellos tengan medicinas contra el tifus.

Sales de la zorrera y avanzas hacia el camión. Pero entonces oyes silbar otra bomba en el aire. Retrocedes y vuelves a introducirte en la zorrera. En un instante el camión de la Cruz Roja se convierte en una ardiente pila de chatarra.

Este campo de batalla es demasiado peligroso. Si te quedas aquí, es probable que nunca logres regresar al ghetto, junto a Ringelblum y Uri.

Será mejor que te largues y pruebes suerte con los otros aliados.

Agáchate detrás de un tanque y salta.

Saltas a Italia.
Pasa a la página 68.

Saltas a Francia.
Pasa a la página 90.

Estás ante una vitrina de cristal, contemplando su contenido. En el interior ves un objeto muy conocido: un viejo brazalete blanco con una estrella de seis puntas desteñida. Otra vitrina contiene una gastada pistola del ejército, como la que usaba Yankel. En otra ves una copia de una orden de deportación que obliga a todos los judíos a trasladarse al «este».

Transcurre el año 1960. Te encuentras en el museo Yad V'shem de Jerusalén, en Israel. Este museo honra la memoria de los millones de judíos que murieron no sólo en Varsovia, sino en toda Europa.

Te acercas a un guardián que sostiene junto a la oreja una radio de transistores.

—Disculpe, señor —le dices— ¿Dónde puedo encontrar información sobre Emanuel Ringelblum?

El guardián te mira con desaprobación.

—¿Por qué no estás en tu casa oyendo el juicio? Podrías aprender algo.

—¿El juicio? —preguntas.

El guardián menea la cabeza, profundamente disgustado.

—Exactamente. Pillamos a Adolf Eichmann, la mano derecha de Hitler, el arquitecto de Auschwitz, dan su juicio por radio y televisión, y a los chicos no os importa un comino. ¡Bah!

—Pero a mí me importa —protestas.

El guardián te interrumpe.

—La gente lo odia tanto que han de tenerlo encerrado en una cabina de cristal. ¿Qué dijiste que querías?

—Ringelblum —renuncias a defenderte.

—Nunca oí hablar de él. Pregúntale a la bibliotecaria del otro edificio.

Cruzas la plaza de piedra y entras en la oscura Sala de Nombres.

—¿Qué deseas? —una mujer de gafas deja su transistor y sonríe.

—Necesito información sobre Emanuel Ringelblum —dices.

—Tenemos muchísima. ¿Quieres leer alguna de sus notas sobre el ghetto de Varsovia?

Te palpita el corazón.

—No —dices— ¿Puede decirme exactamente dónde las encontraron?

La bibliotecaria saca un libro.

—Sí. En dos lugares. En la calle Wolowa y... en Nowolipki.

¡Ya conoces la respuesta! El otro cántaro tiene que estar en la calle Swietojerska. Das las gracias a la bibliotecaria y sales de prisa al aire libre, bajo un sol radiante.

Ahora todo lo que tienes que hacer es volver a Polonia y cavar hasta encontrar el cántaro. Pero, ¿cuál será el mejor momento? El pasado era un caos. Tal vez lo mejor sea el futuro.

Saltas veintitrés años en el futuro, hasta 1983.
Pasa a la página 110.

Saltas nueve años hacia el pasado, hasta 1951.
Pasa a la página 119.

NOCHECE en el ghetto. Los edificios en llamas iluminan el cielo crepuscular.

Es el miércoles 21 de abril de 1943, tercer día del Levantamiento del ghetto de Varsovia. Estás encaramado en un tejado con vista a la plaza Muranowski. Las cosas no parecen ir bien para los combatientes. Les superan en número y tienen muy pocas municiones. Abajo, un tanque alemán está volando un bloque de casas. El tanque rueda con estrépito y un pelotón de soldados sigue su devastadora estela.

Una ráfaga de artillería estalla desde un patio, a un lado de la calle. De inmediato salen a la carga cuatro combatientes judíos y corren más allá de los nazis, entrando en otro edificio.

El artillero nazi abre fuego, hiriendo en la pierna al último combatiente de la fila. Pero sus camaradas lo arrastran hasta ponerlo bajo techo.

Desviada la atención de los nazis, el quinto combatiente sale corriendo del patio. Como si fuera un leopardo, salta sobre el tanque. Dispara contra el que maneja la ametralladora y arroja una granada de mano por la torreta. Baja de un salto y corre a refugiarse; una explosión vuelca el tanque. Los combatientes judíos aplauden.

Sin el tanque, los soldados de infantería alemanes carecen de protección. Les caen encima proyectiles desde todas las direcciones. En el tejado de encima ves a Yankel y a una chica de aspecto feroz disparando sus anticuadas armas contra los soldados en retirada.

Pero dos nazis han llegado al tejado y están a punto de caer por sorpresa sobre ellos.

—¡Yankel! ¡Cuidado atrás! —gritas con toda la fuerza de tus pulmones.

Yankel y su compañera se vuelven rápidos como el rayo, disparando sus armas. Los dos nazis se desploman.

Yankel mira hacia donde estás y sonríe satisfecho.

—¡Sabía que aparecerías! —grita— Eres un sobreviviente, lo mismo que yo.

Después de una última descarga de los judíos, los nazis restantes se dan por vencidos y salen del ghetto.

Calle arriba y calle abajo se oyen aplausos y aclamaciones.

—¡Lo logramos, amigos míos! —grita jubilosamente un hombre desde un tejado—. Y mañana los echaremos de la misma forma.

Hace ondear una bandera blanca con una estrella azul de seis puntas en el centro. Los combatientes salen de sus escondites para ayudar a los heridos y llevarse a los muertos.

Una vez en la acera Yankel te abraza y te presenta a su compañera de lucha, Rutka, una chica de aspecto delicado, probablemente más joven que tú. Es tan frágil como una bailarina, pero su expresión orgullosa te indica que no tiene miedo a morir.

—Debemos registrar los escombros en busca de armas y municiones antes de volver a nuestro refugio —dice Yankel.

Salta sobre un alemán que yace en la cuneta y le saca la pistola de la cartuchera. Rutka mantiene abierto un gran saco de arpillera y él deja caer el arma en su interior.

—Tuvimos que aprenderlo por el camino más difícil —dice Yankel mientras arranca un fusil de los brazos rígidos de otro soldado—. Sólo cuando embarcaron a trescientos mil hacia las cámaras de gas de Treblinka decidimos luchar.

—Y aunque perdamos, haremos prisioneros a tantos de ellos como podamos —agrega Rutka con voz dura.

—¿Dónde está Mordecai? —preguntas ansioso.

—En la calle Niska, ayudando a los heridos y planeando la estrategia defensiva de mañana.

Te despides de Yankel y de Rutka, y sales en busca de Mordecai.

De repente un oficial de la SS se aparta del incendio y te llama por tu nombre. Su voz te suena conocida. Vuelve a llamarte.

¿Será una trampa? Está cada vez más cerca. ¿Qué debes hacer?

**Te mantienes firme.
Pasa a la página 111.**

**Saltas a cualquier sitio
en busca de seguridad.
Pasa a la página 116.**

Estás otra vez en Varsovia, en 1941. Mientras vas de prisa hacia la calle Leszno, percibes mayor tensión que antes entre la gente. El número de guardias nazis que patrullan las calles se ha multiplicado. Sus camiones de transporte parecen estar aparcados en todas las bocacalles.

—¡No te quedes en la calle! —te advierte una mujer desde una puerta abierta— Se están preparando para otra redada.

Te das prisa y llegas sin aliento a casa de Ringelblum. La puerta no está cerrada con llave. Entras. El estudio está desierto y tampoco ves a nadie en el dormitorio. Luego descubres una puerta que conduce al sótano. Un resquicio de luz se cuela por debajo. Decides bajar por la escalera.

La luz te lleva hasta una lámpara de aceite apoyada en el suelo, en una pequeña habitación húmeda. Miras más allá. Ringelblum y su mujer están encorvados sobre su hijo enfermo, en absoluto silencio.

Al ver que eres tú, Ringelblum se incorpora alarmado.

—¡No te acerques! —te ordena— Mi hijo está enfermo.

—Lo sé, profesor Ringelblum. Por eso he venido.

—Su enfermedad es contagiosa. ¡Vete! De lo contrario, tú también enfermarás.

—He encontrado una medicina. La traje para Uri —les muestras el frasco.

Ringelblum y su mujer están atónitos. La señora Ringelblum se echa a llorar, aliviada. Ringelblum cruza la habitación con dos largas zancadas y te abraza.

—¡Gracias! —dice con vehemencia— ¡Muchas gracias!

La señora Ringelblum sale a buscar un médico para que le administre la medicina a Uri. Tú te quedas a solas con su marido.

—Nunca podré pagarte lo que has hecho —dice.

—Yo no quiero ninguna recompensa. Sólo le pido que me permita unirme a su organización.

—¿La *Oneg Shabbat*? ¿Todavía sigues empeñado en ayudarme a registrar la historia de este ghetto?

—Sí.

—Entonces, así sea —te ofrece la mano y se la estrechas— ¡Bienvenido!

Has ganado la confianza de Ringelblum, pero todavía no has cumplido la misión. Ahora tienes que descubrir dónde esconderá los archivos.

—Acompáñame, joven amigo, tenemos que trabajar —Ringelblum se pone el sombrero y abre la puerta.

Pasa a la página 94.

No estás seguro de que ésto sea Varsovia. Te has acostumbrado tanto a una ciudad de edificios bombardeados y gente hambrienta que dudas.

Ahora, en 1983, Varsovia es una metrópoli moderna. La gente parece bien alimentada y no hay nazis en los alrededores. Sin embargo, algo anda mal. Vuelvas donde vuelvas la mirada, encuentras un soldado polaco con uniforme gris montando guardia.

Quizás estés en lo que era la parte aria de la ciudad en 1943, pero no es fácil saberlo. Todos los edificios son nuevos, y nunca llegaste a conocer bien esta parte de Varsovia.

—¿Dónde está el ghetto? —preguntas a una mujer con gafas que camina de prisa.

—¿El ghetto? —pregunta perpleja.

—El barrio judío, donde estaba el ghetto.

—¿Barrio judío? ¿En Varsovia? ¿De qué estás hablando?

No intentas explicárselo. Debe de haber muy pocos judíos en Polonia actualmente.

Estás perdiendo el tiempo y aún no has cumplido tu misión. Evidentemente, elegir el futuro fue un error.

Retrocedes treinta años.
Pasa a la página 119.

Te mantienes firme mientras el nazi corre hacia donde estás. ¿Realmente quiere decirte algo o te ha tendido una trampa? Mientras se acerca lo miras a la cara. ¡Es Mordecai, disfrazado!

—¡Ven! —grita Mordecai— ¡Necesito que me ayudes! Tenemos que sacar las cosas de Ringelblum de su refugio.

Tu intuición ha dado resultado. Mordecai te llevará exactamente al sitio donde querías ir. Corréis por el medio de la calle con el propósito de que no os golpeen los escombros que caen de los edificios incendiados.

—No habíamos pensado en el humo —dice Mordecai—. Cuando se incendia un edificio, el humo se filtra hasta los refugios subterráneos y no hay modo de respirar.

Mordecai te conduce a un patio. Luego bajáis a un sótano. Emanuel Ringelblum, pálido y ennegrecido por el humo, se acerca a saludarte. Detrás de él está su mujer, Uri, y un grupo de jóvenes, muchos de ellos heridos, todos exhaustos.

—No debemos perder un minuto, Emanuel —dice Mordecai—. Saldrás a través del alcantarillado.

—¡Pero los alemanes están inundando las alcantarillas! —grita la señora Ringelblum.

—Tendréis que correr el riesgo —afirma Mordecai—. No hay otra salida —se vuelve hacia Ringelblum—. Ahora bien, cuando llegues a la parte aria, envía un telegrama a Londres inmediatamente.

—No te inquietes —lo interrumpe Ringelblum—, alertaré al mundo entero.

—Sé que lo harás —dice Mordecai cariñosamente.

El y Ringelblum se miran a los ojos un momento.

—He puesto las notas en cántaros lecheros —dice Ringelblum—. En cuanto los enterremos, nos marcharemos.

¡Allí están! En un rincón. Tres vulgares cántaros lecheros, muy usados, contienen parte de la información más importante del mundo acerca del ghetto de Varsovia.

—Vamos —dice Mordecai llevándose el primero.

Ringelblum se lleva el segundo y tú el tercero.

—¡Envíenos refuerzos, profesor! —grita una joven combatiente mientras recarga su arma—. En cuanto llegue a la parte aria, haga un llamamiento a Roosevelt —los demás combatientes asienten y sonríen.

—No os preocupéis, amigos míos —responde Ringelblum emocionado—. Volveremos a vernos en tiempos mejores.

—Vamos —llama Mordecai.

Salís a la calle, que está prácticamente en ruinas a causa de los bombardeos. Oyes disparos en las inmediaciones, pero de momento estás a salvo.

—Quiero ocultar los cántaros en el ghetto salvaje —dice Ringelblum—. Allí hay menos incendios.

—Es demasiado peligroso, Emanuel —le advierte su esposa.

—Peligroso para nosotros, pero más seguro para las notas —responde él con firmeza.

Os abrís camino a través de las ruinas de la calle Smocza, rumbo al ghetto salvaje. Ves un boquete en la pared, por el que os deslizáis. Bajáis de prisa unas cuantas manzanas, hacia la calle Nowolipki.

—Enterremos uno aquí —dice Ringelblum—. En otros tiempos muchos buenos amigos míos vivieron en esta calle —baja un cántaro lechero hasta una caldera del sótano y lo oculta.

—¿Qué te parece si escondemos el segundo en la calle Wolowa, cerca de la tienda del fabricante de cepillos? —sugiere Mordecai.

—¡De acuerdo! —acepta Ringelblum— Debajo de los escombros de la fábrica.

Váis a toda prisa hacia el edificio bombardeado y enterráis el cántaro debajo de una montaña de ladrillos.

—¿Y el tercero? —quiere saber Mordecai.

—En la calle Swietojerska, junto a los Jardines Krashinski —replica Ringelblum—. Lo ocultaremos en el límite de la parte aria, bajo sus propias narices.

Escondéis el último cántaro en el sótano del edificio que da al hermoso parque conocido como Jardines Krashinski.

—Ahora debemos darnos prisa, profesor —dice Mordecai—. Te acompañaré a la entrada del alcantarillado.

Ringelblum se vuelve hacia ti.

—Adiós, joven amigo. Que Dios te proteja.

—Adiós, profesor —respondes entristecido—. No se preocupe. Algún día el mundo entero sabrá lo que ocurrió.

—Eso espero, hijo mío. Eso espero.

Mientras Ringelblum se vuelve para marcharse, Mordecai te estrecha la mano.

—Buen trabajo. Eres un auténtico combatiente. Nos veremos en la sede del número dieciocho de la calle Mila.

Sin darte tiempo a responder, echa a correr.

Sabes que probablemente nunca volverás a ver a Mordecai ni a Ringelblum. ¡Pero conoces el emplazamiento de los cántaros de leche!

Repites mentalmente los nombres de las calles: Nowolipki, Wolowa y Swietojerska. Dos ya han sido descubiertos, de modo que no tiene que ocuparte de ellos. El que tienes que recuperar es el tercero.

¿Pero cómo averiguarás cuál es el que nunca se encontró?

Puedes saltar a Varsovia en el futuro y registrar los tres solares. O quizá deberías saltar a Israel en el futuro, donde hicieron un famoso museo en memoria de los judíos muertos. Allí podrías encontrar respuesta a tus dudas.

Oyes un zumbido por encima de tu cabeza. Levantas la vista. Los nazis han resuelto dejar caer bombas en el ghetto. Toma una decisión y salta de prisa.

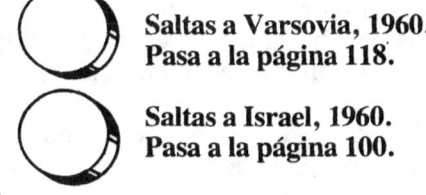

Saltas a Varsovia, 1960.
Pasa a la página 118.

Saltas a Israel, 1960.
Pasa a la página 100.

Es un mediodía de 1980 en los Estados Unidos. Has llegado a Skokie, en Illinois, en medio de un desfile. Las aceras están llenas de gente a ambos lados de la calle principal. Te abres paso a través de la multitud para ver qué ocurre.

Una larga fila de motos de la policía y coches patrulla ruedan por el centro de la ciudad, seguidos por un pequeño grupo de hombres con camisas pardas. Sus uniformes te resultan aterradoramente familiares. Contemplas asombrado sus brazaletes rojos, blancos y negros. ¡Todos lucen esvásticas!

¿Nazis en los Estados Unidos?

Divisas una gran pancarta en la que se lee «Partido Nazi Norteamericano» y otra que dice «Los campos de la muerte son cuentos judíos».

Se te encoge el corazón. «Esto no puede estar ocurriendo en Estados Unidos», dices para tus adentros.

De pronto aparece un grupo de hombres con boinas negras. Usan camisas blancas con la inscripción «Liga de Defensa Judía». Entonan vehementemente un cántico:

—¡Uno, dos, tres, cuatro, a los nazis sólo les interesa la guerra! ¡Cinco, seis, siete, ocho, lo único que fomentan es la muerte!

Los que desfilan responden gritando:

—¡Poder nazi! ¡Poder nazi!

Los boinas negras responden, también gritando:

—¡Nunca más!

Antes de que la policía tenga tiempo de reaccionar, los miembros de la Liga de Defensa Judía se precipitan enloquecidos sobre los nazis y rompen sus pancartas. Algunos sacan de improviso bates de béisbol y golpean a un camisa parda hasta tirarlo al suelo. Se produce un motín.

Mientras la policía avanza rápidamente para restablecer el orden y arrestar a los manifestantes, oyes decir a un espectador:

—Esos judíos siempre provocan alborotos.

—Tienes razón, vecino —concuerda otro— ¿Quieres que te diga una cosa? Yo nunca creí realmente que Hitler hubiera liquidado a seis millones.

—Me pregunto si no se lo habrán inventado todo —interviene un tercero.

Sientes el impulso de zarandear a esos ignorantes y decirles que están equivocados, pero no tienes tiempo.

Ahora comprendes en toda su magnitud lo importante que es tu misión. Debes volver al ghetto y encontrar los archivos de Ringelblum.

A ti te corresponde decirle al mundo lo que les hicieron los nazis a los judíos durante la II Guerra Mundial. No debes perder un solo segundo.

**Vuelves a ghetto.
Pasa a la página 83.**

EL sol se cuela a través de las hojas de un alto árbol cuando te detienes junto al sendero para bicicletas del parque Saski de Varsovia. El límite del ghetto tendría que estar a una manzana de distancia, pero el muro ha desaparecido.

Buscas otras señales conocidas, pero no encuentras ninguna. De hecho, nada te resulta familiar.

Han transcurrido quince años desde el levantamiento del ghetto y la ciudad abatida ha sido completamente reconstruida. Si no hubieras estado personalmente allí en 1944, probablemente no podrías imaginar la terrible destrucción que azotó a Varsovia.

Sales del parque y preguntas a un transeúnte cómo puedes llegar a la calle Wolowa.

—¿Wolowa? —se raspa la cabeza—. Esa calle no existe.

—Estaba en el ghetto —le explicas—, cerca de la tienda del fabricante de cepillos.

—El ghetto ya no está y yo no sé nada de eso —responde con indiferencia.

Así no llegarás a ninguna parte. Tienes que regresar a Varsovia en los años cuarenta y volver a familiarizarte con el trazado del ghetto.

**Retrocedes en el tiempo a Varsovia.
Pasa a la página 94.**

Bajas por Nalewski y llegas a lo que antes era la plaza Muranowski. Resuena en tu memoria el fragor de la batalla que asoló ese lugar ocho años atrás.

Intentas orientarte para llegar a la calle Swietojerska. Giras por Mila y sigues andando. Más adelante ves una figura solitaria que se cruza en tu camino. Tal vez pueda orientarte.

Es un joven de poco más de veinte años. Parece estar estudiando algo a sus pies. Te preguntas qué será lo que mira.

Cuando te acercas, levanta la vista hacia ti. Una extraña expresión oscurece su rostro.

—¡Tú!

Todo tu cuerpo se estremece al reconocerlo. ¡Es Yankel! Mayor y más alto, por supuesto, pero lo reconocerías en cualquier circunstancia. Menea la cabeza y sonríe.

—Disculpa —dice—, pero por un instante me recordaste a un amigo.

—¿Sí? —dices tembloroso.

—Alguien que murió durante la guerra —agrega Yankel apenado—. Como todos los demás.

Bajas la vista y ves lo que estaba examinando Yankel. Se trata de una pequeña placa que dice: «En este lugar perecieron Mordecai Anielewicz y un centenar de miembros de la Organización Judía Combatiente en su valerosa lucha contra el enemigo nazi».

Yankel suspira. Ansías decirle la verdad. No has muerto. ¡Estás allí, a su lado! Pero sabes que no puedes decir una sola palabra.

—Sólo he venido a despedirme —explica Yankel—. Mañana parto hacia Israel. Tengo que vivir por todos ellos —se vuelve con aire decidido.

—¡Disculpa! —gritas apremiante— Estoy buscando la calle Swietojerska.

—Vuelve sobre tus pasos y gira a la derecha en Nalewski —te orienta Yankel—. Sigue andando. La encontrarás —se vuelve y echa a andar.

Lo sigues con la mirada, recordando que una vez dijo que los dos erais sobrevivientes. Sabes que Yankel conseguirá lo que desea.

Caminas de prisa por la calle Mila, siguiendo las instrucciones de Yankel. Cuando bajas corriendo por Nalewski, vislumbras a lo lejos un hermoso parque. ¡Son los Jardines Krashinski! La calle Swietojerska está al lado. El tercer cántaro de Emanuel Ringelblum tiene que estar muy cerca.

Bajas la calle lentamente, tratando de recordar en qué edificio está el cántaro. Ahora la mayoría de las casas están en ruinas. Sólo hay escombros, de modo que no es fácil reconocerlas. ¡Espera un minuto! Ese portal te resulta familiar. Aunque ahora está oxidado y roto, parece idéntico al del edificio donde lo escondisteis.

Emocionado, empiezas a levantar pesados bloques de hormigón. Poco después llegas a los cimientos del edificio. Trabajas de prisa, moviendo las piedras más pequeñas y haciendo rodar las grandes con un palo que encontraste en el suelo. Sudas mucho. Trabajas arduamente.

¡Ves unos peldaños! ¿Conducirán a un sótano? Cavas a toda velocidad, arrancando piedras y creando una senda hacia los peldaños. Ves un brillo metálico. ¿Será lo que buscas? ¡Sí! Al pie de los peldaños está el cántaro oxidado que pusiste allí con Mordecai y Ringelblum.

Te arrastras por los escombros y alcanzas el objetivo de esta larga y difícil misión.

Rompes el precinto y levantas la tapa. Te asomas al interior.

¡Está lleno de fotos! Pilas y pilas de fotos del ghetto de Varsovia. Escoges un puñado y las observas. Allí está Mordecai, con el aspecto que tenía cuando le conociste en la escuela clandestina. También hay un retrato de Ringelblum y una foto del ghetto a comienzos de la guerra. ¡Mira! ¡Ésa es una foto de Yankel contrabandeando comida!

Mordecai Anielewicz

Emanuel Ringelblum

Yankel y otros chicos del ghetto contrabandeando comida

Un destacamento de la resistencia judía clandestina

La calle Nalewki, en el barrio judío, al principio de la guerra

¡Ya está! Fehacientes pruebas fotográficas de lo que ocurrió detrás de aquellos muros. Con este descubrimiento has hecho una importante contribución a la historia y a la memoria de la gente que allí murió. Te has enterado del magnífico esfuerzo de este pueblo para sobrevivir contra fuerzas muy superiores y con escasas posibilidades.

MISIÓN CUMPLIDA

LISTA DE DATOS